U0649188

文人谈

薛原

上海书店出版社
SHANGHAI BOOKSTORE PUBLISHING HOUSE

目录

题 记

　　我们看到的往往是被遮蔽的人生。或者换一个说法，借用海明威的冰山理论：露出在海面上的冰山只是被淹没在海面以下的巨大冰山的一角。或许这也是阅读前人无法避免的局限。有限的阅读是幸福的，尤其是面对自己喜欢的作家作品，随着阅读的深入，全面的阅读往往会打碎最初阅读带来的幸福——因为或许会看到人性复杂的多面。这或许是夜晚的读书给我的感受。

　　我读书不成系统，纯粹是为了愉悦自己，往往是随手抓一本书随意而读，但也有一点相对的主题集中，这就是内容往往围绕现代文人和画家的人生和作品。如果说以前是读他们的作品为主，近些年来则更多是读一些作品之外的内容，例如他们的传记、日记、书信等等，从这些文人的"独白"里，我读到了人生的况味，更读到了人间世态的变化，尤其是这些文人在时代风云里的生存。从1950年代开始，这些文人的生存各自有着不同的命运，或春风沐雨，或秋寒蹭蹬，或孤灯独守，或开一时风气。

不管如何，这些文人们皆成了昨天的风景，也成了我们阅读的故事。我的阅读是片面的，只留下我的感受，记录下读书时留在书边上的点滴"发现"，往往为读书时的点滴"发现"而体验着读书的快乐。尽管这快乐或许是零碎的片面的不成文章的，但这也正是我辈闲读的乐趣所在。

文人们的人生与他们创作的作品相比，往往更丰富，也更有意思。

是为题记。

施蛰存："新文学，我是旁观者"

鲁迅先生当年在《上海文艺之一瞥》一文里曾骂过几个年轻作家，如说创造社的成仿吾是"才子＋流氓"，提倡读《庄子》和《文选》的施蛰存是"洋场恶少"，而画过几笔插图的叶灵凤也径赠以"流氓画家"的桂冠……其中的"洋场恶少"施蛰存在1950年代成为华东师范大学的中文系教授，并在"反右"运动中成为右派，也逐渐远离了文学创作，成为古典文学专家，一直到"文革"结束后，其现代小说作家的身份和作品才逐渐被"挖掘"出土和重新得到"认识"。

1980 年代的施蛰存在与海外朋友的书信中，对自己以往的文学和当下的生活说了很多不吐不快的话，有些也明显是情绪化的语言。例如 1988 年 5 月 25 日写给香港古剑的信里，对香港文学杂志的约稿如此回复："我不想写杂文或回忆记，我还是写古典文学文章可保天年，新文学，我是个旁观者。"一句"新文学，我是个旁观者"道出了复杂的滋味。对于 1930 年代的现代文学来说，施蛰存显然不是一个旁观者，而是身体力行者。

　　因为当年与鲁迅先生关于"青年必读书"之争，再加上 1950 年代被冠以"右派"之名，作为作家和大学教授的施蛰存逐渐淡出文学创作的一面，而越来越沉入古典文学和金石之学，用他自己的话说，写古典文学文章可保天年。尽管 1980 年代的施蛰存已经恢复了身份和待遇，但仍有许多不如意的大事，例如房子问题，他在 1988 年 6 月 1 日写给古剑的信里说：他还有一信让古剑转给台北《联合日报》的副刊主编瘂弦，他说这封信也算是投稿，并明确说，"此文你看一下，也许你会觉得过火，但不要紧，我正要在外边发发牢骚，促使市委解决我的房子"。

这封他写给痖弦的信（也当成投稿）是 1988 年 5 月 25 日写的，信里对自己的文学和 1950 年代之后的生活做了一个回顾，如他写道："五十年前，我写过六七十篇小说，久已灰飞烟逝，不为后生少年所知，故三十年来，此事幸而未成罪状。近数年来，有文学考古家忽然发掘得之，拙著遂成出土文物……"并进而谈到自己的境况："我在这里，从 1957 年至 1977 年，再看各种头衔之下，做了二十年'靠边分子'。书也卖光了，房子给'无产阶级'挤掉了，现在只留下二十平方米的空间，老夫老妻，饮食坐卧于斯，写作缝纫于斯，招待亲戚朋友于斯，真是'躲进小楼成一统'，自己想想，也总该算是有'雅量'的了。"

在这封写给台北痖弦的发牢骚的信里，施蛰存还写道：他今年八十四岁，居然大病不死，也是奇迹了，1966 年他在"牛棚"里的时候，他有一句阿Q式的名言，曰："不死就是胜利。"这句话，挽救了不少人的性命。不过在他自己今天看来，这个胜利也没多大好处，因为他自己的胜利果实，"也不过是能有几年时间，把挤压三十年的丛残笔札，编几本书出来而已……"在他自己看来，他的著作，"恐怕只配埋在文化沙漠里"。在这封信里施蛰存还对1987年台北的《联合文学》杂志称他为"中国现代小说的先驱"表示了腹诽：因为"中国现代小说的先驱者是鲁迅"。

　　晚年的施蛰存对自己著述的出版是非常用心的，这在他与海内外的友人的通信里有很多的表达，如晚年的重要著作《唐诗百话》在上海出版后，他非常希望还能在港台也出版，在1988年11月14日给古剑的信里说："我今年已八十四，不想较量金钱，只要我的书能多印几千册，流传二三十年，就满足了。我的子孙都是工程师，他们不能文学，将来也不会关心我的版权，因此，如有台湾出版社能印我的书，一次性付给稿费也可以，不必拖拖拉拉地收版税了。"（这本《唐诗百话》几经周折最终由台北的"联经"出版了。）而在海外刊载文章和出版书籍的稿费，施蛰存一般让友人代收，然后帮他在香港买他需要的食品和书。例如在与香港友人的通信里，施蛰存的一个主要内容还是让友人替他在香港买一些生活营养品，从这些营养品里，也能看出当年被鲁迅讥讽为"洋场恶少"的施蛰存在生活上的"洋化"，如给古剑的信里，频繁出现的是让古剑在香港代买 Eno 果子盐（有橙子、柠檬和菊花等类）、瓶装的某品牌的牛肉汁、雀巢咖啡……并说明牛肉汁是要在冬天里吃的，"每年冬季，早起就需要饮一杯牛肉汁"。

例如施蛰存在 1995 年 11 月 3 日给古剑的信里，让古剑代买的食物清单如下：

1.OXO 牛肉汁方块，纸盒装，买 20—30 包。

2.古巴小雪茄，50—100 支，要最小的，比纸烟略大，不要荷兰货。

3.要一二个抽板烟用烟斗，中等货，如旧货摊上发现了，可以买旧货，也许可以买到上等货。

4.如有埃及纸烟，金字塔牌，铁盒 50 支装，买二盒。

5.有板烟丝，买一些，各种包装均可。

看这个清单，可以看出施蛰存即便到了晚年，所保持的生活习惯和嗜好。除了这些生活用品外，他还让古剑给他留意"有报刊妙文，或大陆不见的报道，请随时寄我看看"。

在与友人的通信中，施蛰存的性格非常坦诚，例如给古剑的信里，每次对自己买东西的费用还有文章稿费的处理，都是一笔一笔很清楚的，对古剑给自己的帮助还有馈赠雪茄烟等等，施蛰存也是一定要有所感谢的表示，例如从自己收藏的书画里选出一幅黎雄才的山水相赠，后来还有一幅张大千的小立轴，并表示就是赠送给古剑的，若卖了钱也不用分给他。这点能看出老人的通达，但并不是说，老人就一点不在乎钱财，对自己应该所得的，还是坚持原则的，例如在1992年8月16日给古剑的信里，他写道："李欧梵编的《新感觉派小说选》台湾允晨公司出版，已出了二年我才知道，香港如有，烦买一本，此书用了我七八万字，我要去索取稿费。"

在通信里，施蛰存除了谈自己的琐事以外，其实对他已经"远离"的文坛还是关注的，例如在1987年12月12日写给香港古剑的信里，有如此一段："上月这里有一件新闻：有四位老作家，向市委控诉上海作协党组，负责人是XXX，据说凡有出国机会，总是轮不到老作家，X的女儿写了小说，便在作协内组稿吹捧，等等十余项。作协作了检讨，X声称要辞职。四位老作家是：吴强、柯灵、于伶、另一人未详。"

对于自己所生活的时代，尤其是文学现状，施蛰存是不认可的，例如他在1989年3月5日给古剑的信里，有这样的一段话："这里现在是情欲小说、裸体女人画的世界，其他文化事业都'打烊'了，一团糟！"这话若拿到今天来看，显然施老先生的话有些以偏概全，我们今天不是说1980年代是"理想主义的时代"吗？

施蛰存对现实其实一直很关注，即便到了耄耋之年，依然对现实保持着敏感，他是不掩盖自己看法的人，尤其在与海外友人的通信中，例如1991年5月19日写给古剑的信："此间粮食提价，幅度不大，人民并无意见，早该涨了，减少国家补贴，仍于经济有利，请勿相信煽动家的吹风，国内事，大的方向还不算错，我们必须与东德、东欧、苏联比较观察，戈尔巴乔夫先修改政治结构，后改经济结构，出了乱子，我们幸而不走这一步。"

到了 1990 年代，也就是他人生的最后十几年，他在书信里很少对生活有抱怨了，还是在 1991 年 5 月 19 日的信里，他说：他没有什么需要。生活不坏，退休以后，还升了级，现在拿的是一级教授的工资，每月 380 元，加上种种补贴，每月收 430 元，外加稿费，每月可得 200 元。子孙不用他负担，就是他和老伴生活，"可以在小康以上了。果子盐已够用一个夏季，不用再买给我。牛肉汁还余一瓶，加上你这一次的二瓶，留待秋季吃，到冬天再添二瓶，到明春无问题了……"这一年，施蛰存的文学作品也再新版面世：《十年创作集》由人文社推出，上下两册，收录他当年的小说创作，上册《石秀之死》，下册《雾·鸥·流星》；百花文艺社再版了《施蛰存散文选集》，中华书局出版了《金石丛话》，浙江古籍社出版了《花间新集》等；他还编选了《近代六十名家词》，汇印了晚清到 1949 年的六十位词学大家的词选，另外还有《文艺百话》等结集出版。

稍后的 1993 年，施蛰存再度"成名"，这年 6 月，他获得了第二届上海文学奖，这应该是上海市政府对文化老人一生文学成就的褒奖，在7月26日给古剑的信里，他写道："上海文学奖，第一届是三万元，我是第二届，只有二万元，一切东西都在上涨，这个奖金却跌价，可笑吗？"并劝阻古剑不要采访他："不要为我写采访记了，上海已有好几篇，我想从此隐下来，少出头了。"

最后几年，施蛰存对自己的藏书开始处理，送来访的年轻朋友或让书店代售，用他自己的话说，不打算送给文学馆，对于朋友的赠书，也去信谢绝，但对有兴趣或"有用"的书则仍不能释怀，如1994年1月17日写给长沙彭燕郊的信："兄以后不要再送我书了，我也无力看书，子孙一代，没有一个是搞文学的。我的书在渐渐处分，不必再增加了。"但在同年5月19日给彭燕郊的信里，他又说："昨晚翻阅兄所编《现代散文诗名著译丛》，见广告中有《夜之卡斯帕》及《地狱一季》二书，不知印出了没有？如已印出，可否还能代我各买一本？"稍后在6月2日写给彭燕郊的信说："今日收到《地狱一季》，即取我的英法文本对看，发现王道乾的译文不好。你不妨参看我译的一篇《晨》，在《域外诗抄》中，与王译《清晨》对照，就可发觉王是死译。"

还有一封短信，是施蛰存 1994 年 3 月 29 日写给北京李辉的，其中有一段如此交代李辉："中国文学社印出了我的小说集英文本，书名 One Raining Evening（《梅雨之夕》）。我送你二册，其中一册请你用你的名义寄赠马悦然，不必航空寄，平邮二十天可到。"关于马悦然，就不用多解释了，其身份是瑞典诺贝尔文学奖的评委委员，他是诺奖评委里唯一一个懂中文的。对 1980 年代以来的中国的文学读者来说，不知道此人的大概不多。这主要是让诺贝尔文学奖给闹的。

周作人："枯木朽株呈其本相"

　　寿则多辱。这是周作人的话，也是周作人晚年的自况。与兄长周树人相比，周作人是长寿的，若没有"文革"，也许他还会再多活许多年，但即便如此，他在同时代的文人中，也可以说是长寿了。周氏兄弟，鲁迅和周作人，留给后人的精神食粮可谓琳琅满目，鲁迅去世于抗战前，留给当代的一个话题是假若鲁迅在 1949 年以后还活着会怎样？据说，对此问题，毛泽东的回答是：鲁迅有两种可能，要么掷笔不写，要么进监狱里还坚持写。周作人自然没有这样的问题，他一直活到"文革"时期，但假若当年去世的不是鲁迅，而是周作人，不管鲁迅活到后来如何，有一点可以确定，周作人在历史上的评价就会有很大的不同，即便是和鲁迅反目，也会以"五四"新文学尤其是在散文创作上的贡献成为现代文学史上的标志性代表，而不会留下汉奸的骂名。当然，历史是不能假设的，对待历史人物尤其不能假设当年如何如何。对于周作人的是非功过，已有定论。人归人，文归文。这是钟叔河在1980年代初出版周作人著作时的认识，并以这样的认识来说明对知堂著作的态度：其一，他的年龄大；其二，他读的书多。

读周作人晚年的文章，关于鲁迅的记忆和知堂回想录，文字平淡朴拙，很难看出他晚年真实的心境。但是，若读他晚年的书信，尤其是他写给海外友人的书信，一个"寿则多辱"的老人真实地跃然纸上。1961年3月9日，周作人在写给海外友人的信里，曾呈上一张自己的近照，并说明"此系本年二月所照，枯木朽株呈其本相，回顾五五年照相，犹未脱尽油滑之相，此像虽老丑，却是病后真我，故以奉呈尊览，不虞见笑也"。晚年的周作人和海外友人一直保持着密切的通信，周作人在写给友人的信里，内容不外两项：一是谈书，或是回答来信对于自己著作的询问，或是关于约稿和代买图书等；二是拜托友人代买食物（主要是罐头食品）等，尤其是后者，更是成了晚年周作人写给海外友人的重要内容。鲍耀明编的《周作人晚年书信》收入的书信里让海外友人代买食物几乎每信必谈，用周作人自己的话说，就是多为"病人口腹之故"。

生活在新加坡的鲍耀明是周作人的"弟子"，更是周作人作品的热心读者，从通信交往上，两人其实是不对等的，一方是名家，尽管已经是戴上汉奸帽子的老人，但在粉丝眼里仍是心仪的文化老人；一方是海外的"弟子"，热衷现代文学和现代作家。但是，两人的通信，很快就有了对等的关系，各取所需。鲍耀明在信里询问的往往是关于知堂的书的话题，求索的是周作人以往出版的书签名本，或是求索周作人的书法墨迹，给自己要，或是代别的朋友求书。而周作人在信里除了答疑解难之外，就是一次次麻烦鲍耀明代他买各种食物，尤其是一些日本风味的食品，如煎饼、海苔等。用鲍耀明的话说，煎饼、海苔、年羹等食品在新加坡都可买到，买不到的会去信给日本的友人也方便，对周作人他做为"弟子"愿意服其劳。应该说这样的通信和代买食品对周作人一家的生活是很重要的，周作人在信里对这样的代买食品也是不厌其详地告知对方，例如1961年3月27日在写给鲍耀明的信里说："蒲烧已经收到，谢谢。又承赐寄瑞典制鱼，更深感荷。唯此外尚有请求，祈勿笑其'俗'也。香港有一种罐头'猪油'，虽无味而有实用，且税不高，一罐只课税一元四角余，敢请赐寄一罐……"接到这样的信，鲍耀明总是快速给周作人办妥，如1961年4月27日周作人致鲍耀明的信："前日往邮局取得小包，内中乃是猪油，此物最为实惠，因为经久实用，故寄者似颇多，我往邮局时辄遇有领取此物者，故得知之，关税不知何故似亦减低，只收一元三角矣。"类似于这样内容的通信，在那几年里可以说是周作人与鲍耀明通信的常态。

晚年的周作人在生活上其实并不开心，如在1960年

7月31日的日记里说："午前入浴，又复不快，宿业殆无已时，回顾一生，受损害侮辱，徒为人作牺牲，恐死后才能结束也。"在稍后8月14日的日记里，又说："拟工作又以不快而止，似宿疾又发也。午前洗浴，下午勉力译书，得二纸，晚换内衣。"在同年11月15日日记里说："上午大不快，似狂易发，请江太太来劝，殆无效……晚又大不快，八时始得了事大吉。"这样的内容，在晚年周作人的日记里，时常出现，主要是他的日籍太太不仅身体患病，精神也出了问题。这成了周作人最大的负担。再如1961年3月30日的日记，周作人先记录了收到鲍耀明邮寄来的诺威沙丁鱼一罐，最后感叹："晚又不快，近日几乎无一日安静愉快过日者，如遭遇恶魔然。"稍后的4月20日，周作人记道："又复发作，甚感不快，深以无法摆脱为苦恼，工作不能，阅书亦苦不入，下午勉力写谈往一节。"尽管在日记里周作人对太太发牢骚"如遭遇恶魔然"，其实周作人麻烦海外友人所买的食品又大多是为了太太，如1962年1月18日在写给鲍耀明的信里说：

"知糯米已蒙改寄砂糖及油，费心尤为感谢。内人前患糖尿病，唯现几已复原，近几年则因腰腿有病，不能下地行走，故卧床已有数年之久，近因缺乏营养，故愈益衰弱，现亦无适当之药需用也。此间流行之病，系一种浮肿病，闻系缺营养所致，幸敝处尚无此时髦之病发见，此可以告慰者也。北京有钱买不到东西，即中国特产之茶叶现亦无处购买，幸舍间尚有存储，暂可足用，因有四川产沱茶数团，足有三四斤之谱，一时尚不愁无茶可吃耳。"这封信里的内容也给那个年代的北京的物质生活，做了一个小小的注释。那个年代的首都北京的供应尚且如此，外省的情景当可想而知。

林风眠：我总要跑我自己的道路

　　"文革"尾声，"四人帮"刚刚被抓起来不久，林风眠收到南京的老学生苏天赐夫妇给他邮寄来的花生米后很快写了回信（1976 年 12 月 3 日），在信里林风眠说：近来他很少作画，有许多人向他要画，林风眠对有些来要画的人说：让他替对方擦皮鞋也许他会干，但来要他的画，他可不干了。"四人帮"倒台，林风眠说他想他们这些人都会有同感：最少生活会安静些了。也正是在"生活会安静些"的前提下，林风眠才会拒绝有些索画者的干扰。

"文革"结束不久，林风眠就在积极争取获准离开上海去海外探亲，阅读他在那两年写给友人、学生和晚辈的书信，可以看到林风眠离开上海前的心情和对未来海外生活的期待。例如他在1977年给曾留学英国、时任杭州市园林局长的同乡佘森文（1904—1992）的六封信里就不难看出对于临近八十岁的林风眠为出国做的努力，同时也流露出对索画者的不胜其烦。例如1977年1月14日在给佘的信里如此写道："承赐蜜橘二十个衷心感谢。近来总是生病，留在家里很少作画，兹寄上两幅，请指正为感。"接着便说到他出国探亲之事："兄到北京如有机会，请代进行我出国探亲事，如何结果，请来信为感。"一个月后，林在给佘的回信里对佘说要去北京向"各方面"提出一事给予回应说："感谢你在各方面替我进行，但此时提出不好。我以前已送了好几张大画给叶帅，你回沪时再详谈。"从这样的片言只语里，可以想象当年画家与环境的世态人情。

　　当年围绕林风眠提出要出国看望1950年代移居巴西的妻子女儿一事，有关部门是有所考虑和努力的，例如也有领导提出希望让林风眠的妻子回国，这样就可以不让已经高龄的林风眠出国，林风眠在1977年3月14日写给佘的信里说："关于要我的老爱人回国，有许多困难，她在巴西工作，一家靠她生活，也走不了。我希望在适当时候，政府能批准我去探亲，时间一至二年，没有死总会回到祖国来的。"

在1977年6月18日给佘的信里，林风眠说，大小画有五张，其中一张是转交某某的，剩余的由佘来处理，并解释："近来身体不好，眼睛也不好，所谈松鹤图过些时间再说，明年看季节再进行如何？"接着，在1977年8月3日的信里又说到此事："关于松鹤图之事，已过去很久，此时不是时候，明年之事明年再说，近来身体也不好，要画的朋友实在应付不了！"又过去一个月，林风眠在1977年9月14日给佘的信里进一步说："近来身体不好，手也生关节炎，天气不好，肠胃也不好，哪里还想到画画。要画的朋友实在太多，一天二十四小时，一年三百六十五天不停地画，也画不完，你想是吗？我近来休息在家，什么也不管，到画院去学习，因身体不好暂时也不去，你要我加一股劲暂时实在办不到，一切待我有一些力气时再说，我想你忘记我是近八十岁的老人了。"

从上述信里，再上挂下联，不难读出，林的同乡时任杭州园林局长佘森文在利用自己的社会关系为林风眠的出国做努力，其中最重要的一条线或许"直达"同为梅县老乡的叶帅。让林风眠为叶帅再画一幅大的松鹤图成了佘局长提的"要求"，但很显然，在这点上林风眠以近来身体不好挡回去了，重要的是，在这之前，用他自己的话说，他已经送给叶帅"好几张大画了"。（卢炘在《雁荡之子：周昌谷传》中谈到周昌谷受老师林风眠的影响时曾简单提到：林风眠在"文革"期间受到压迫，"文革"结束后，1977 年通过叶剑英女儿的关系，又在学生和友人协助下，经澳门抵达香港。）

若再读读同时期林风眠写给同时代的文人友人的信，个中滋味呈现明显的区别。如 1977 年 8 月 3 日，林风眠在回复诗人艾青的信里说："收到你的信。我七十八岁了，我从认识你到现在，始终感到你在文艺创作上的才华。希望你多写些作品。人民会了解你，喜爱你的。我被批准出国探亲，正在办理出国签证，希望在国外有一天会看见你。寄上两小幅拙作，请指正，并为念为感。"

几经周折，林风眠终于获准离开上海去了香港，1977年11月14日，林风眠在写给友人的信里描绘了初到香港的感受："这里的社会主要是好工作高薪，但一定要有技术，有用的如科技之类的技术，美术家、高级知识分子却是很穷的，要开银行做生意的资本家才会生活得好，像我在这里能安定画画，确实是好运气了……"在信里，林风眠还写了对香港的反感："我对香港一点兴趣也没有，天天看电视，但也看不进去……在香港没钱是会饿死人的。我真不习惯这样的一个世界了。我希望能找到一个安静的地活，能简单安定，不要老是有饥饿的恐惧。这里的一切对我都很生疏，感到人海茫茫，说笑话，我不了解自己，我多么不现实，空想；活受罪，这里是天天抢劫杀人放火，我真厌恶这个世界。"

在第二天晚上，林风眠又接着写信："现在是九、十点，晚上的时间，香港最热闹的时刻，吵闹使人难以入睡。香港的灯光是美丽的，城市是新式的，但空气是污染的，车子多人多，生活在这个城市里，真是不习惯，一个人走到另一个世界时，比较之下才会感到安静生活的幸福。真想我在南昌路时，我的生活早上起来晒晒太阳，种种仙人掌，有时画画读书，和你们聊聊天，比起这里的生活生疏讨厌真使我难受了。"

　　这应该是林风眠挣脱几十年的压抑生活初来到香港的真切感受，不难看出，初到香港，林风眠是不适应的，这种不适应，还有一位老人对不确定的未来的应激反应，这种反应用今天的眼光来看，是有些显得极端，例如说香港是"天天抢劫杀人放火"等等，但林风眠的观察是细致的，也是非常敏感的，尤其是对比自己在上海的生活："这里每个人都为生活急急忙忙东跳西逃的样子，谁也不管谁，人与人之间利益关系更突出，人变为没有感情的动物，我想我要到一更远更生疏的地方，连话也说不通，出门也行不通的地方去，我真没有勇气了，想想在上海多么安静这是幸福，是人生难得的东西，在生活时是感受不到，在失去时是痛苦的，什么时候才能再得到这个安静呢？天晓得。说来真是笑话，空想太多了。

一个人最快乐的是平平常常，生活简单，不怕没饭吃，没有生活的恐惧，有真实的朋友，有真实的感情，现在我真正认识了人生的幸福是这些，绝不是名利空想的欲望，大多数人都是蠢材，我们都应当聪明些……"

一个快到八十岁的老人，写下"现在我真正认识了人生的幸福"其实就是"平平常常，生活简单，不怕没饭吃，没有生活的恐惧，有真实的朋友，有真实的感情"，不能不说是充满了莫名的沧桑的，"文革"刚结束，饱经压抑的林风眠如挣脱牢笼般奔向海外，摆脱了多年来给他带来精神折磨的环境，但是，初到香港，他并不愉快，他对未来的自己是有担忧的，也对自己的未来提出了种种设想，这也反映在他那个时期写给友人和友人女儿的信里，例如 1978 年 4 月 7 日他写信给在法国留学的友人女儿李丹妮——林风眠对她也视为女儿，在信里他说"有你这么一个女儿总是幸运的"——

　　……我们有没有可能长期或短期一起工作，一起到处去跑跑。我们要学会卖豆腐干挑着担子到处跑跑，我们也可以到处去卖画流浪流浪有什么不好，我很希望了解你的将来的计划和打算，你到底是一个孩子，也许我可以替你出瞎主意，我希望你这个小姑娘也替我想出一个好主意，我快要八十岁了，没有多少时间了，两只脚还可以跑路时，我总要跑我自己的道路，你呢？

即便是快要八十岁了，"两只脚还可以跑路时，我总要跑我自己的道路"，这话点出了林风眠倔强独特的个性，也是解读林风眠一生个性的钥匙。在不久后的1978年6月12日，林风眠又给李丹妮写信，此时的林风眠已经在巴西他夫人和女儿蒂娜的家里，信里说："我真希望我的有生之年能同你们在一起，也许我们在这个世界里都会生活的更好些，我们的关系，我和你家多少年来就像一家，我是看着你长大的，真的我最了解你的性格，你是永不会做揩桌布的……蒂娜就是缺少这些，我真替她难受，但愿她坚强起来，不要再做儿子的揩桌布了。不然苦了自己害了儿子，你想对吗？做父母的给儿子有机会去学习，他要幸福和快乐由他自己去奋斗，谁也不会给他，天上也不会掉下来的……"

　　林风眠当时几经周折转到香港到巴西探亲，但他对自己的无所事事的外孙非常失望，对自己的女儿甘愿做外孙的"揩桌布"更是失望，在给远方"女儿"的信里表达了这种失望和不满，接着又谈到了自己的计划："但愿我们能实现我们的将来的计划，一个女儿在巴西，一个女儿你在法国（将来你上课时在里昂其余的在巴黎或旅行），还有一个在香港碧芬（还有一个最小的在上海还没有出来），这样我们有三个地方可以活动，我们首先要在经济上有一些基础，这样就可以到处跑跑码头，我想我和你共同跑的时间多……我们这个'四人帮'不做坏事只做我们四人的好事，我来把你们三个人三个地方像一条线联系起来，将来不是要活动，不会再关在一个盒子里了，我倒希望我长命多活几年可以做的更好些，我想我和你这个女儿从此之后分不开了的。"

　　在给李丹妮的信里，林风眠的打算很具体："我们将来在巴黎找一间公寓，我们在巴黎住住或到里昂住住，

25

到处去跑跑不是很好吗，年龄大了，总要有一个女儿照顾吗……"同时，也介绍了他在香港的生活状况："我现在住在一个堂弟的屋子里，我是有自己的暂时的房间和画室，在他们家吃饭，我要画很多的画，在国内的带不出来，'文革'前的都毁了，请不要太担心，我近来身体还好，请你多来信，老是想念着你……"

1978 年 8 月 11 日林风眠在给李丹妮的信里，介绍了他"在国内的最小的女儿"："她的爸爸是老留学德国的建筑家，在同济大学任建筑系主任，北方的权威是梁思成，南方是他。'文革'时也吃了不少苦头，她的妈妈是我的学生，画得很好，她是从小就在我身边，看着她长大的，多年来，这一家在我苦难的岁月里照顾着我，女儿的名字叫冯叶，小名是妞妞，从小学钢琴，是跟马思聪的妹妹学的（上海音乐学院教授），在家里私人教的，她今年大约二十五岁了，一面跟我学画，多年来（'文革'期间）跟人学英文和法文，中文也很好，在国内时她总是跟着我跑的，我出来之后，我想尽方法（她们在国外没有亲属），现在总算给我办成功了，她已批准出国，领到了护照，不日到香港来。她是批准到法国来私人（我负全部责任，在国内申请时这样说的）留学进修钢琴的，她到香港之后（这个月内，也许这几天）我就会和她同去申请去法国，她是去学钢琴的……将来我想和她一同到巴黎去（如果有一间画室，她就可以和我居住），也用不了多少钱，进巴黎音乐学校，当然此时是进不去的，一定先要在巴黎找人补习学习等等，因此请你打听一下，主要的是办这里申请时用的，可能要有这一类的证书。"

冯叶，也就是后来许多人在写到林风眠的晚年香港生活时提到的林风眠的义女，在办理从上海到香港的手续时，为了能被批准，是以林风眠的继女身份申请的。1978 年 8 月 24 日，冯叶由广州来到香港，林风眠在写给李丹妮的信里说，冯叶到香港后与他住在一起，租来钢琴天天在联系，并预备补习法文，"她帮我裱画，照顾我的生活，年轻人比较活动，有了她在身边，一切较为方便，她也学画"。

"有了她在身边，一切较为方便"，在林风眠来说，冯叶到香港后，他的生活有了年轻人的照顾，再在给远方"女儿"和友人的信里，就不再提那些到巴黎租一间画室的计划了。

1979 年 7 月 1 日，林风眠写信给上海市委和画院领导："我自出国探亲之后，承党和诸位同志的关怀，出版我的画册，最近又特为我开个人展览会，深为感谢。在上海画院，代我保留有 105 幅作品，贡献给党和国家，以表达我的心意。"这封信或许可以看做林风眠对自己人生转折的一个交代。林风眠写这封信的时候，不知道想没想起几年前他还在监狱里的生活——1971 年还在监狱里的林风眠曾写过两首诗，其中一首如此写道：

一夜西风，铁窗寒透，
沉沉梦里钟声，诉不尽人间冤苦。
铁锁锒铛，憧憧鬼影，
瘦骨成堆，问苍天所为何来！

云淡云清，明月日圆。

两地相思，共诉婵娟。

相见梦魂中，凄苦总无言，

说不尽悲欢离合，恶浪同归。

吹不散深情似海，看天边明月，

永照人间。

当年尚在监狱里的林风眠又会想到还有机会以自由身前往海外吗？翻阅那一代人关于林风眠的记忆文章，呈现出的林风眠是很不相同的，例如在他的学生苏天赐的眼里，林风眠无疑是当代中国数一数二的艺术大师，但在三四十年代的一些左翼艺术青年或自由派画家眼里，林风眠呈现的并非仅仅是一个为艺术的大家。例如胡蛮和庞薰琹就分别写了他们当年看到的林风眠的非艺术家一面，例如胡蛮在 1955 年写给组织的"自传"里如此说到：

1925 年他二十一岁时升学到国立北平艺专西画系。在北平艺专，胡蛮的创作关注的是社会底层贫苦的生活，因不满于北平当时在奉系军阀统治下的生活环境，1928 年春他曾来到杭州转学国立杭州艺专，在西湖边的广化寺租住一间小屋，时常和杭州艺专的进步学生来往，"写有文章反对林风眠校长著的《致全国文艺界书》的唯心主义思想。时逢杭州艺专学潮起来，林风眠指使军警包围广化寺，列逮捕进步学生名单七人，我亦被列入黑名单以内。由于我和主持关系还好，他帮我逃离了广化寺……"（《胡蛮记新中国美术活动》，中国书店 2014 年初版）

庞薰琹在他的回忆录写到抗战时杭州艺专和北平艺专流亡到湖南沅陵，这两家艺专合并到一起，让庞薰琹惊奇的是，他们开了一次会，由杭州艺专校长林风眠主持，首先大家要站起来背诵孙中山遗嘱，当讲到蒋介石时，大家又要站起来立正。而庞薰琹之前所任教的北平艺专尽管校长是"政客"赵太侔，却并不搞这一套。在北平一年都没有开过这样的会。

庞薰琹和林风眠后来在杭州艺专还是同事，更有过命运上的"交集"：1949 年新中国成立后，文艺界领导把印象派以后的西方现代艺术，定性为资产阶级及腐朽没落意识形态的代表，林风眠被作为"形式主义"的代表人物，除了接受审查批判以外，已无事可干，学校掀起了批"新派画"形式主义的热潮，吴大羽等六教授先被解聘。当时，有学生不满于教授庞薰琹参与批"形式主义"宣扬"现实主义"的态度，就让庞薰琹画个石膏像给大家看看是不是会搞"现实主义"。于是遭来批判"新派画"的学生进行反击，在林风眠的课堂上，摆上石膏像考老师，林风眠拒绝了这种侮辱性的考验。1951年全院师生赴皖北霍县参加土改，林风眠因病告假，拿半薪回上海休养。1952年正式辞职（《雁荡之子：周昌谷传》106页）。

从这种不同角度的描述中，一个复杂的林风眠的形象丰富和鲜活起来。

傅抱石：贡献出最后一滴血

　　傅抱石在今天来看，无疑是新中国时期红色经典山水画的代表之一，且不说他和关山月合作为人民大会堂绘制的《江山如此多娇》——此画已经成了新中国山水画的标志性作品，尽管黄永厚老人对此画颇有不敬，说实在看不出此画好在哪里——只说傅抱石画于五六十年代的那些毛泽东诗意图，就已经很具备时代的标志性意义，傅抱石在1949年之后的确是一位与时代紧密结合的红色山水画大家。

　　翻看叶宗镐编著的《傅抱石年谱》(增订本，上海书画出版社2012年初版），从傅抱石的履历上不难看出他在新中国成立后的思想轨迹和艺术创作是如何一步步紧跟形势为时代创作"红色"山水画的。若看1949年前后的傅抱石，他思想的与时俱进是很明显的，他以自己的诗意画在紧跟着时代的变化。说起来傅抱石对时局的变化并不敏感，1948年秋天，国共两党内战正酣，傅抱石还在南京置地建房，从年谱里可以看到，1948年11月2日，为置地建房，傅抱石向蒋碧薇借款："兹敬承蒋碧薇先生惠借黄金计伍两整，书此奉据! 中华民国三十七年十一月二日。傅抱石敬具。"（傅家仍藏有蒋碧薇退还的傅抱石亲笔借条。）关于傅抱石置地建房，傅抱石的女儿傅益璇在《傅家记事》（三联书店2014年初版）一书曾有如下描述：1946年10月，傅抱石一家从重庆回到南京，傅厚岗6号就是这时置地建造的，由傅抱石自己设计，原来的设计是盖两幢一样的楼房，组成一个花园，并以夫人的"慧"字冠名——慧园。但因为战乱，民不聊生，已备好的建筑材料渐渐被人偷去，到开工时，只够盖一幢了。因为经费不足，最后连油漆都无法完工。傅抱石在这里住的时间最长，他的许多重要画作都是在这里完成的。

1948年12月，解放军淮海战役大捷，即将发动渡江战役。首都南京告急，开始紧急疏散人口。各所大学又有了迁校之议。许多人劝告傅抱石离开大陆前往台湾，并已做好安排，但他总以家口拖累为辞，委婉拒绝。期间，一度随艺术学系同事抵达上海，静观时局。

到了1948年12月底，为躲避战火，躲开纠缠，傅抱石又率领全家回了老家南昌。接下来就是新旧中国的时代转折线，1949年7月2日第一次中华全国文学艺术工作者代表大会在北京召开，出席代表650名，美术工作者88人。在这88名美术界代表中，并没有傅抱石。接下来成立的中华全国美术工作者协会也就是后来的中国美术家协会成立，徐悲鸿成为主席，江丰和叶浅予为副主席。7月29日，由国立中央大学师范学院艺术系聘傅抱石担任国画和国画理论专业教授。推荐人是陈之佛。到了8月8日，国立中央大学更名为国立南京大学。几天后的8月13日，陈之佛致函傅抱石，告诉傅抱石学校里聘任教授的情况；（8月20日，南京大学校长潘菽签发傅抱石担任艺术系教授的聘书。）8月21日，傅抱石在南昌给陈之佛回了一封信，这封信的内容在《傅抱石年谱》（增订本）里全文照录了，在今天看来，其内容可圈可点，从信里也可看出，在新旧时代转折线上，傅抱石的处境和心境（在写此信之前，傅抱石已写了一封长达七千言的长信给郭沫若，其时，1949年7月19日在北京举行的第一次中华全国文学艺术工作者代表大会闭幕式上，郭沫若成为主席）。傅抱石在信里对"中大"是否聘他为教授表示了自己的态度，字里行间流露不平之气，这是针对当时在是否聘他为教授时有不同意见，尤其是针对事关傅抱石在解放战争也就是国共两党内战时的表现：

中大之事，非弟所关怀，横直总有水落石出之一日。我等为人师者，应如何自饬？否则何以教人？艺林朋友，我等什九熟悉（且不是短期之熟悉），硬要迫入"十八层"，三人成虎，有何话说？

十余年来，大家（至少百分之七十以上熟人）说："抱石太红了。"……现在有少数人说，抱石签名"戡乱"？多数少数，暂且不论，总有一是非。今天倘是，则应入"十八层地狱"；往日倘是，则应如何？此话谈不完，不想谈！诚如兄言，他日见面，痛哭道之。必唤三斤黄酒，邀许多朋友坐在一起道之。

在这封信的最后，傅抱石写道："最后，弟尚欲一问者，究竟我等此次被陷，为哪些人（何人）策动？兄若有消息，乞详尽见示，千万千万！系中有人否？学生中据弟过去所接近，恐不致如何！弟弥觉学生可爱，但要向学生说话（为自己），深觉太痛心，是以不愿耳！"傅抱石在信中还对比了陈之佛和自己在性格上的差异："兄冲淡过于弟，修养亦过于弟，弟一握酒杯，便怒从心上起。"

1949 年 10 月，傅抱石由南昌返回南京，受聘仍为南京大学师范学院艺术系教授。同年 12 月，由南京大学宿舍迁入傅厚巷 6 号自建新居。同年 12 月 16 日，苏联政府举行斯大林七十诞辰纪念活动，毛泽东率团赴苏联，有关部门安排傅抱石赠画一幅以作祝寿之用。

从《傅抱石年谱》(增订本)上可知,1950 年 9 月 20 日,傅抱石创作了毛泽东《清平乐·六盘山》词意图,画幅不大(20.2cm×28.2cm)。这应该是傅抱石在新中国成立后创作的第一幅毛主席诗意图。由此开始,在接下来的岁月里,毛主席诗意图成了傅抱石山水画创作的一个主要内容。

1951 年 3 月 7 日,徐悲鸿从北京写信给傅抱石:"抱石吾兄足下:今日与郭先生伉俪相谈,郭夫人极赞美足下画品高妙,郭先生亦言去年曾以兄事属冯乃超先生,并殷殷以近况相询。弟述及兄此时积极情况,并皆欢慰。请兄写一雄健山水寄之(有骨有韵)所以答故人,谅能同意也。"

此信内容也颇丰富,可以知道在新中国成立初期,为傅抱石的个人处境,郭沫若等人为他在北京做了疏通。冯乃超是郭沫若当年在"创造社"的同人,曾参加过长征,新中国成立初期,任政务院文教委副秘书长兼人事处长，中宣部干部处长，中央人事部第一任副部长兼四局局长等。1951年初，被委任为中山大学校长兼第一书记等。

1952年4月在"知识分子思想改造运动"开始后。傅抱石以《我的自画像》为题交代自己的"历史问题"，并作出检查。所谓历史问题，主要是抗战时期傅抱石任职国民政府军委会政治部第三厅，1938年受命草拟并最终被采用的《抗战周年告世界各友邦书》、《抗战周年告日本国民书》、《七七周年祭阵亡将士文》等文件原稿，将这些作为历史问题交代。这些交代和检讨，后来在"思想改造运动"成果展览会上作为反面教材展出。其实在这些傅抱石的手笔中，有两句非常有影响的话："地无分南北东西，人无分男女老幼，一致团结起来抗战。"

在这场"知识分子思想改造"运动中，傅抱石与同时代的知识分子一样，也经历了一番精神上的煎熬，《傅抱石年谱》中记载了他在这场运动中的"节点"：

1952年6月28日填写"华东区高等学校教师政治思想、业务情况登记表"。

1952 年 7 月 1 日，填写"思想改造学习总结登记表"。

1952 年 7 月 20 日，誊写思想改造学习总结，并交代问题。

1952 年 8 月，南京高等院校院系调整，南京大学艺术系并入南京师范学院，分别成立美术系和音乐系，傅抱石担任美术系教授。

在 1952 年的 11 月 16 日，为祝贺郭沫若六十寿诞，傅抱石做《九老图》邮寄北京。傅抱石与郭沫若的关系可以说渊源有自，在 1950 年代，每年到了郭沫若的生辰日子，傅抱石都会邮寄上贺寿画作。若是郭沫若嘱咐画的应酬之作，傅抱石也会认真对待，并视之为"光荣之任务"，例如：1955 年 11 月 4 日傅抱石回信给郭沫若："顷奉手教，属为李一氓同志画十帧，俾装裱成册，自当殚精从事，期毋负此光荣之任务。拟争取两周内完成之，届时当邮呈。敬乞惠转。"到了该月 11 日，傅抱石为庆贺郭沫若的寿辰特意画了《郭沫若阳朔诗意图》。该月 18 日，郭沫若在收到傅抱石的画作后回复如下："抱石同志：前寄来册页。李一氓兄五幅，荣某取二幅，冀朝鼎兄一幅，我取四幅。每幅奉润三十元，计三百六十元，兹汇上。余画将交小石。近承赠《阳朔诗意》，甚好，谢谢。陈副总理处尚未送去，容见面时问他喜欢什么。"

从年谱上看，1953年11月，傅抱石没有给郭沫若画贺寿之作，但在这个时间前后，却又有更大的动作：1953年9月16日，全国第一届国画展在北京举行，展出国画254件，傅抱石的《强渡大渡河》和《更喜岷山千里雪》两幅入选。9月23日，傅抱石在北京参加全国第二次文代会，第一次文代会时没被受邀参加的傅抱石，现在不仅参加了第二次文代会，还参加了全国美术工作者协会全委会的扩大会。期间，他携带1944年所做《丽人行》巨幅画作一轴，在文代会上让大家观摩，之后又带到郭沫若家展示，郭沫若十分喜爱此幅长卷，此画遂留在郭沫若家。

从《傅抱石年谱》（增订本）上看，傅抱石对郭沫若怀着深厚的敬意，而郭沫若对傅抱石的艺术更是激赏不已，如在1953年12月19日，傅抱石作画两幅：《金刚坡下全家院子》和《金刚坡下之雾》。前者赠郭沫若，后者赠好友朱洁夫。在给后者的题识中，傅抱石说：洁夫兄写信来，嘱写烟雾中的金刚坡，因为在抗战时，他们这些人都在郭老的领导下曾长期生活在金刚坡下。同时他又写信给朱洁夫，谈《金刚坡下》两幅画是他"较满意"的作品："两幅都差强我意，也许可能是一九五三年的较满意之作。"在信中，傅抱石还写道：

　　"金刚坡下"是我一生最幸福的一个阶段，也是在国统区文化工作者在郭老领导下的一个唯一的据点，我万分惭愧，没有丝毫帮助什么——像我有你和郭老这些爱护我的人——我只有尽我将来的余生，竭力为人民服务。解放来，主观上我是尽力做了，当然万分的不够。此后我必矢志努力，死而后已。今天动手的两幅，洁夫兄，我内心是如何的歉疚和如何的兴奋？正由于此，或者这两幅有它的成功处。

傅抱石写此信"最要紧的"还在如下内容："郭老一

画，也乞您便中转上，最要紧的是将创作的起因和我的情绪转陈。不然，为什么突然画《全家院子》呢？"

郭沫若对傅抱石也是赞叹有加：如1957年5月10日，郭沫若为《傅抱石画集》题签作序："抱石作画别具风格：人物善能传神；山水独开生面。盖于旧法基础之上摄取新法，而能脱出窠臼，体现自然。吾尝言：我国画界南北二石，北石即齐白石，南石则抱石。今北石已老，尚望南石经历风霜，更臻峇然。"

应该说，1952年的思想改造运动，是傅抱石在建国后遭遇的第一次政治运动。从新中国成立，到经历思想改造运动，至此，傅抱石完成了从旧中国到新中国的身份转变。尤其是他的思想也逐渐适应了新中国的要求，他的山水画开始逐渐转向毛泽东的诗意图。1956年，五十三岁的傅抱石被增补为全国政协的特邀委员。这也意味着傅抱石在新中国已经成为美术界的代表性人物。在成为全国政协委员后，他在写给友人的信里（1956年1月15日致朱洁夫）说："被协商决定为全国政协委员，即将动身赴京开会"，并表白了全家对自己成为政协委员的心情，更决心"贡献出最后一滴血，来为人民服务"。

如果说在1953年，还仅仅是在夏天创作了一幅《更喜岷山千里雪》，而到了1958年秋冬，傅抱石简直是一发而不可收，连续画了十多幅毛泽东诗意图，如在1958年的11月，他就画了《送瘟神》、《如梦令·元旦》、《水调歌头·游泳》、《西江月·井冈山》、《沁园春·长沙》、《清平乐·会昌》、《忆秦娥·娄山关》、《十六字令·山》、《浪淘沙·北戴河》、《菩萨蛮·黄鹤楼》、《蝶恋花·答李淑一》等毛泽东诗意图。到了12月，又画了毛泽东的诗意图《沁园春·雪》和《清平乐·六盘山》。尤其是在1958年12月15日，在江苏省国画院创作座谈会上，傅抱石还作了《创作毛主席诗词插图的几点体会》的发言，总结了自己创作毛主席诗词写意画的体会。整个12月份，傅抱石可以说繁忙有加：他自选的《傅抱石画集》由北京人民美术出版社出版，郭沫若为他的画集作序，画集收入1942年到1957年的作品40幅。12月26日，傅抱石赴北京，这一天，"社会主义国家造型艺术展览会"在苏联莫斯科中央展览大厅开幕，中国参展作品277件，傅抱石的《蝶恋花》参展。12月28日，"江苏省国画展览会"在北京开幕，展出作品161件，傅抱石的作品《蝶恋花》、《雨花台颂》参展，画展开幕式由傅抱石主持。开幕第二天，郭沫若就来参观了画展。12月30日，傅抱石拜会郭沫若，祝贺郭沫若重新加入中国共产党，并同郭沫若谈国画创作的"雅"与"俗"的关系问题。12月31日，在北京，傅抱石写成《俗到家时自入神——郭老谈画片记》一文，引论郭沫若1945年1月《题关山月画》诗：画道革新自破雅，民间形式贵求真，境非真处即为幻，俗到家时自入诗。

可以拿来为傅抱石在1958年秋冬连续画了十多幅毛泽东诗意图做注脚的，是在这一年的4月4日，傅抱石也紧跟形势写了"大跃进决心书"：

我认识到了为社会主义而献身，是我终生奋斗的目标，谨向伟大的亲爱的党虔诚表示：

一、决心切切实实加速自我改造——脱胎换骨地，首先改造我政治立场和克服我的个人主义和自由主义，我把心交给党。

二、决心随时随地、一言一行都要以毛主席所指示的六项政治标准来衡量自己，以共产党员的标准来要求自己，争取较快地成为左派，并竭力争取成为光荣的共产党员。

三、决心无所保留地把知识和技能交给人民，在创作研究两个方面用跃进的速度进行创造性劳动，全心全意为人民服务。

从《傅抱石年谱》(增订本)上得知，这一天，南京各高校、科研机关民主人士三千余人高举"把心交给党"、"把知识交给人民"的标语游行，并召开社会主义自我改造促进大会。

在接下来的几个月里，傅抱石几次做了自我思想检查，还做了《搞臭资产阶级个人主义思想学习》的自我检查，并填写了《自我检查表》。一直到1958年7月6日，上交了"交心批判材料"，才在这场"社会主义自我改造"运动中过关。

在1958年11月，傅抱石除了画毛主席诗意图之外，还为郭沫若在朝鲜写的诗创作诗意图，1958年11月10日，傅抱石画了《拟朴渊》，此画是赠送郭沫若的，之前11月8日《人民日报》刊载了郭沫若率团访问朝鲜所作《拟九龙渊瀑布八首》等旧体诗。到了11月12日，傅抱石又画一幅《拟九龙渊》，题跋："一九五八年九月下浣，沫公应邀率领中国人民代表团赴朝访问，甚盛事也。历时四周，得诗四十八首……夏历九月廿七日，乃公诞辰，正经营一图为颂，适读鸿篇，如开茅塞。昨日已得《拟朴渊》小帧。敬意犹有未尽，并呈此幅，谨博一粲。"还给郭沫若写了一封祝寿信，以祝郭"千秋万岁，为幸无量"。

到了1959年，傅抱石更上层楼：

1959年元月，傅抱石画毛泽东词意图十余幅，主要有《水调歌头·游泳》《西江月·井冈山》《长征》《忆秦娥·娄山关》《浪淘沙·北戴河》《沁园春·雪》《沁园春·长沙》、《清平乐·六盘山》等。3月，傅抱石撰文《我怎样画"蝶恋花"》（此文刊载在《中国书画》1959年第三期上）；4月，傅抱石成为第三届全国政协委员；5月，组织江苏画院的画家开始为北京新建成的人民大会堂江苏厅作画，一直到8月才结束，共创作大画四幅：陈之佛画的《松鹤图》、钱松嵒等合作完成的《太湖新貌》、杨建侯等合作的《孔雀图》，还有傅抱石画的《雨花台》。这期间的6月5日，傅抱石应湖南人民出版社邀请到长沙，约请他画毛泽东的故乡韶山，在湖南停留十天，完成了组画《韶山》二十余幅。6月22日，又画了一幅《毛主席故居》，画上题跋：

　　一九五九年六月一日，应邀赴主席故居写画，雄伟幽丽，美不胜收。日前归来，将一一付之笔墨。此主席故居也，今日时慧生日，相量成此。

时慧即罗时慧，傅抱石的夫人。

到了1959年7月初，傅抱石撰写了《在毛主席的故乡——韶山作画十记》。7月8日,傅抱石"奉调到京,为人民大会堂作画"。8月,完成《江山如此多娇》定稿(400×700cm),9月5日,与关山月合作完成了巨幅国画《江山如此多娇》(550×900cm),这幅画也成为新中国成立后最有代表性的巨幅国画作品,画上题字是放大了的毛泽东的手书——毛泽东在9月27日为此画题字"江山如此多娇"。傅抱石为此画篆刻了白文印章"江山如此多娇",还篆刻一方"毛泽东印"。10月5日,江苏省国画院被评为先进集体,作为画院院长的傅抱石成为江苏省先进工作者,参加省"群英会"并做了大会发言。11月9日,傅抱石撰写的《加速自我改造彻底反掉右倾——答友人书》刊载于上海《文汇报》。

在画了《江山如此多娇》之后,傅抱石的各种荣誉接踵而来,如:全国人大代表、中国美协副主席、全国文联委员和江苏省人大代表等。

1959年12月31日,傅抱石画了一幅《杜甫像》,是为成都杜甫草堂而画,在题跋中说:

成都杜甫草堂知我喜写少陵诗意,屡屡嘱画,久未报命也。日前书来谓陈毅元帅上月偶莅草堂,以集句云:新松恨不高千尺,恶竹应须斩万竿。并留识跋,将刊石资观览,因请师其意经营为图。昔人每置杜老于丘壑,多偏于形象,今余此帧未审能得当万一否?

这一年的最后一天,傅抱石没有画毛主席词意,尽管所画是杜甫像,但也是"师"陈毅元帅"其意"。

从 1949 年秋到 1959 年底,傅抱石以他的红色山水画奠定了他在新中国美术史上的位置。

骆宾基：不被认可的《金文新考》

　　随着电影《萧红》的上映，网络和平面媒体上相应地也起了争议，尤其是电影制作方的宣传文字，更是引起相关人士的后人和不相关的读者的批评甚至愤慨。也相应地，让几个已经逐渐淡出当下年轻读者的阅读视野的名字重新出现在我们的眼前，例如当年和萧红萧军同属于东北作家群的端木蕻良和骆宾基等人。尤其是骆宾基，若不是电影《萧红》里把他当年在香港照顾生命垂危的萧红演绎出一幕"姐弟恋"的故事，今天的年轻读者，还有多少人会知道这个当年的年轻作家呢？

影片《萧红》在宣传上甚至成了"一个女人和六个男人的激情故事"之类，更容易给观者造成萧红的人生变成了与萧军、端木蕻良还有骆宾基之间的"四角之恋"，在网上看到一种说法：萧红在端木蕻良从身边离开后，曾经答应如果她的病情好转，她一定嫁给骆宾基……当然，在网上更看到关于骆宾基的儿子批评影片《萧红》的两处硬伤：骆宾基和萧红并无姐弟恋，当年在香港兵荒马乱的日子里到医院里照顾孤苦无依的萧红，完全是一种心态耿直的朋友之谊；再一个，电影里说骆宾基在萧红最后一刻也离她而去，在骆宾基的儿子看来，这是曲解，骆宾基最后并没有撒手不管萧红，是因为最后作为萧红丈夫的端木又回到萧红身边，他才离开的……

其实不管萧红和端木、骆宾基当年如何，银幕上的萧红和这些人的故事已经和现代文学史上的萧红没有多大关联了，只是成了当今银幕上一部情感剧的一个名称而已。但因这些话题，让我重新想起端木和骆宾基这些现代作家，尤其是他们的晚年。一个有趣的现象，晚年的端木蕻良和骆宾基，都远离了他们年轻时代的长篇小说创作，端木还沾点边，因为他最后的创作《曹雪芹》，尽管直到去世也没有全部完成，自己只出版了上部，中部是他夫人帮助下合作完成的，下部只留下了一点残稿。而骆宾基，晚年的精力主要投入到金文的研究上，一部《金文新考》成了他最重要的著述，但这部书的出版却成了他的心病。

在《书简情——欧阳文彬藏信选》(上海百家出版社2009年初版)中，收有曾任人民文学出版社副社长和副总编辑的楼适夷在1980年代初写给欧阳文彬的几封信，几乎都与骆宾基有关，例如在1983年8月15日的信里，楼先生说：他想请教一件事，即学林出版社办理自费出版，资金方面是否可以由出版社先行垫付，然后在书出版发行后从收入中归还？楼先生说，是"有一位朋友想自费印行一部学术著作"。（当时楼适夷之所以咨询欧阳关于学林出版社自费出版的事情，是因为欧阳之前去北京为新成立的学林出版社约稿。）这封信，因未得到回音，楼先生在1983年8月31日再次致信给欧阳：

"我问自费出版事，是骆宾基所著《金文新考》一书，约五十万字，他对中国古代历史考古，创立新说，为当今学术权威所拒，多年以来，得不到发表与出版的机会，因此有自费出版的想法……"

在接下来的三封信中，几乎皆为此事。如1983年9月22日的信里："骆宾基的《金文新考》，要自费出版，估计成本很大，无法负担，学林如能接受出版，也必然是吃力而亏本的生意，但从学术价值讲，则可能为中国古代历史研究开创一个新的局面，不过这也是将来的话了，其间必将经过一场复杂的斗争。"楼适夷早年参加过创造社，新中国成立后长期在人文社当领导，在一些同时代人的回忆里，他是属于天上掉一个落叶都怕打破头的谨慎的人，1980年代离休后成为人文社挂名的顾问，更多是资历上的荣誉。但对老朋友骆宾基这部书稿的出版不遗余力地奔走张罗，并非仅仅是友情上的相助，也有对多年老友在学术上探索的支持。在后来的信里，骆宾基的这部书，是他提议骆宾基自费出版的，并和几位朋友为其筹款张罗。

为出版此书，骆宾基也数次给欧阳写信，其中一封是1984年5月7日写的，这也是书中所收那一时期为出版《金文新考》骆宾基写给欧阳的几封信中的最后一封："《金文新考》四辑八卷，约五十万字，全部已经楷书誊录完毕，只有人物集第四卷约五万字，还待校正，或有挖补。""俟该稿暑期之后，全部影印出两部来（我的经济能力可以说，是等于零，所以秋后影印两份样本，也须待我的另外两本著作问世，能拿到一两千元的稿酬，才能做到）再说了！自然，首先我还是想争取能有国家出版社给以公费出版的机会，因为自筹经费来印行，虽有楼公适夷热情支持，但总得留待后一步，因而现在还为时过早！"

　　骆宾基的《金文新考》，最后还是没能在上海学林出版社出版，而是在1987年由山西人民出版社出版了上下两册的《金文新考》。与端木蕻良相比，骆宾基还是幸运的，至少看到了自己晚年投入身心精力撰述的著作的问世，骆宾基是1994年去世的，享年七十七岁。

　　关于这部书，从网上也不难搜到或褒或贬的不同评价：褒扬的说此书"在文字考证方面有新的发展，对祖国上古历史的研究作出了建设性的贡献，它填补了人类发展史上的一段空白"；贬低的说此书"完全是驰骋想象、主观臆造的产物，它不仅没有将五帝史研究向前推进一步，相反在研究方法上出现了这些年来少见的倒退，考证烦琐，逻辑混乱，随意杜撰新名词而又不加解释，令人难以卒读"。

1980 年代初期，我曾买过一本骆宾基再版的长篇小说，这就是《幼年》（文化生活艺术出版社 1982 年初版）。《幼年》最初是在 1944 年于桂林出版的，1954 年作家出版社再版时改名《混沌》。1982 年又经骆宾基修订仍恢复最初的桂林版书名，重新出版。骆宾基一生创作了三部长篇小说，但真正出版保留下来的完整版，只有这一部《幼年》。

关于长篇小说《幼年》，骆宾基说，这部自传体的小说，虽非历史实录的自传可比，但却记载了作者幼年与少年时期的天真而纯洁的心灵。"这个心灵反映着通过家庭而显现出来的一个东北三等小县城的社会风貌。记载了'九一八'事变之前的这座满、汉、回、朝四个民族杂居共处的边域城镇的习俗、人情。"骆宾基在新版自序的结尾说,"自然,它们都是盖有半封建半殖民地的时代烙印的。"这样的句子,今天看来,也同样盖有那个年代的时代烙印。骆宾基的新版序言写于1981年3月18日。

骆宾基在《幼年》里讲述的故事,我已经没有丝毫阅读印象了。当年还读过他的短篇小说代表作,小说的内容现在也印象模糊了,但题目却一直记得,甚至一想起来,就涌上一种美好的激动,这就是《北望园的春天》。

聂绀弩：对镜检讨散宜生

我曾编选过一本聂绀弩的作品集，这就是《对镜检讨》（青岛出版社 2011 年 5 月初版）。编选这本书的过程让我更多地阅读了聂绀弩的人生。

黄埔军校二期毕业的聂绀弩，其人其文都有着独一无二的传奇色彩，尤其是他的《散宜生诗》更是珍贵难得。一则轶事读后至今难忘：大意是他的诗集出版后，有人看到其诗集的序言出自胡乔木之手，很是羡慕，来问他何以能请动胡某动笔，结果聂公勃然大怒，说：就是因为有了胡的序，一本好端端的诗集给糟蹋了。

在牛汉的口述回忆录《我仍在苦苦跋涉》里，提到聂公诗集出版时的情景：《聂绀弩诗集》由胡乔木主动作序。一天聂公夫人打电话给牛汉，让他赶紧到他们家去，聂夫人说："不好了，大祸临头了。"牛汉匆匆赶到聂家，只见聂公仰面朝天躺床上，抽烟，头都不转过来，说："胡乔木作序，对我的诗全看了，这就坏了，他知道我内心想什么了。"聂公举例说，抗日战争前夕，胡是由雪峰派人护送到延安去的。"左联"时期雪峰是"文委"书记，胡乔木是干事。50年代初，胡向雪峰要了三四本以前出的杂文集，选出几篇送给了毛主席，后来，毛让政治局传阅。雪峰的"右派"是由中央作出的决定。聂公认为胡看了自己的诗并主动写序，迟早会处理他。

后来的结果是，并没人来"处理"聂先生，但有几首诗在出版时被撤了下来，当然是因为种种原因。这些删掉的旧体诗后来也都收入了再版的集子中，这在1992年版的《聂绀弩诗全编》(学林出版社)中不难看出。更不用说2009年推出的由侯井天详细注释的全三册《聂绀弩旧体诗全编注解集评》了。

聂绀弩自述序其写旧体诗经历云，是自 1959 年在北大荒农场据"上级指示"开始的，尤其是晚年更以旧体诗抒发情怀。关于胡乔木给他的诗集作序事，当时他得知胡乔木因为聂的诗好，要去看望他时，他于 1982 年 6 月 8 日回信给胡："纶音霄降，非想所及，人情所荣，我何能外？恶诗臆造，不堪寓目，竟遭青赏，自是异数。至云欲觅暇下顾，闻之甚骇，岂中有非所宜言，欲加面戒乎？然近来脑力大减，不奈思索，知所止矣。"从他当时给友人的书信中，可以看到一个狷介但又智慧的真实的人。

1976 年底，聂绀弩几经周折，终于出狱，回到北京后，同夫人去理发馆，见到镜中的自己，写下了一组诗《对镜》，题记："出狱初，同周婆上理发馆，览镜大骇，不识镜中为谁。亦不识周婆何以未如叶生之妻，弃箕帚而遁也。仓卒成诗若干首，此其忆得者。"其之一曰："人有至忧心郁结，身经百炼意舒平。十年暌隔先生面，千里重逢异物惊。最是风云龙虎日，不胜天地古今情。手提肝胆轮囷血，互对宵窗望到明。"开头的两句：

"人有至忧心郁结，身经百炼意舒平。"几乎可以看作聂绀弩晚年文字的"起点"。

《对镜检讨》的编选正是基于对聂绀弩其人其文独一无二的传奇色彩的认识，主要编选了他中年以后的自述，这种自述更多是他在1950年代的政治运动中所写下的检讨和交代等，以呈现在特定时代里聂绀弩的生存和对自己的回顾。其次是他在晚年对自己文学活动的回忆，再者也选取了他晚年旧体诗中写给自己和夫人及写朋友（胡风和冯雪峰）的少量有代表性的作品。以期呈现聂绀弩一生的文学活动和人生故事。尽管已经有了十卷本的《聂绀弩全集》和《聂绀弩杂文》、《聂绀弩散文》等作品全集和体裁不同的选集，该书的目的在于提供以聂绀弩"自述"为角度的全面反映其一生文学活动的选本，以使读者一册在手，走入由其独特人生和作品构筑的世界。

《对镜检讨》共分三辑：

其一：主要是聂绀弩的文学和早年回忆，譬如《我与杂文》、《编第一个日报副刊》、《读〈在酒楼上〉的时候》等，再就是关于他早年生活和青年时代的朋友的回忆，如《在西安》、《记康泽》、《记周颖》等。主要是展现 1949 年 10 月 1 日前作为"左翼"文人的聂绀弩的生活与写作。他的《天安门》一文则是中华人民共和国诞生日的真实而生动的写照，在一万余字的篇幅中，聂绀弩饱含激情地描绘了开国大典当天在天安门广场所见到的一切，为新中国的诞生而欢呼。

其二：主要是聂绀弩在 1950 年代的思想检讨和历史交代，在组织面前，聂绀弩一次次做了详尽的个人历史交代和补充以及再补充，也对自己的思想做了检讨和再检讨，也提供了在他任职人民文学出版社副总编辑时与上级和下级交往，如与冯雪峰等人的交往等。

其三：为聂绀弩 1976 年底从监狱出来恢复自由及晚年写下的旧体诗，如《赠周婆》（二首）、《六十》、《七十》、《八十》等，及《胡风八十》、《挽雪峰》和《雪峰十年祭》。之所以选择这些有代表性的旧体诗，是因为如果没有这些旧体诗，就无法反映晚年聂绀弩的内心世界和精神生活。

附记：2009 年出版的《聂绀弩旧体诗全编注解集评》（全三册）是聂绀弩诗最全的结集。自然也收录了他在下放北大荒时写的《北大荒歌》："北大荒，天苍苍，地茫茫，一片衰草枯苇塘。苇草青，苇草黄，生者死，死者烂，肥土壤，为下代，作食粮。何物空中飞？蚊虫苍蝇、蠛蠓牛虻；何物水中爬？四脚蛇、哈士蟆、肉蚂蝗。山中霸主熊和虎，原上英雄豺和狼。烂草污泥真乐土，毒虫猛兽美家乡。"简直就是生动的素描画！可是到了中间，变成了这样的句子："共产党，日东方。经万战，获全胜，人民把家当。向龙王要水，向地藏要矿，向土地要粮。工农业，同时举，吐光芒。旧中国，原地上，建立社会主义新家邦，开辟北大荒，优秀儿女齐响应，懦夫懒汉尽惊慌。苇草蛇虫须迁让，寒风积雪莫再狂。千年往史无此日，万里长征再荣光。""机械化、电气化、自动化，步安祥。田间青年皆俊秀，陌上少女美红妆。好诗人人诵，鲜花处处香。何处是草，何处是塘，何处是北大荒？"此诗作于 1959 年。这首诗，当时在与聂绀弩的版权所有人方君交流时，方君提出希望选收此诗，但我婉言拒绝了。现在看，我所选收的聂绀弩作品，也并非体现了聂绀弩的全貌。

曹靖华："老学长扶植之赐也"

1980 年代初，有一部苏联小说给我留下深刻印象，这就是《铁流》。当时我正读中学，先是从一篇关于鲁迅的课文里，读到鲁迅对一位年轻读者说，自己翻译的《死魂灵》可以送他一册，但另外一本书也就是小说《铁流》因为是朋友翻译的，就不能赠送了。鲁迅说的这位朋友就是《铁流》的译者曹靖华。继之，又在语文课本里读到一篇曹靖华的散文，具体题目已经忘记了，但内容还有印象：周总理从延安带回来小米分送给在重庆的进步文化人，也送给了曹靖华，这让他感受到了党的温暖和力量，等等。后来在书店里遇到曹靖华的散文集《飞花集》，未加迟疑就买了回来。当年读得津津有味，其中留给我印象深的大多是怀人追思的内容，例如关于周恩来、董必武、宋庆龄、瞿秋白、范文澜、沈雁冰等等，其中最多的还是怀念鲁迅——前些日又找出这本散文集，翻检一番，关于鲁迅，就有《窃火者》、《鲁迅先生谈写作》、《话当年，咫尺天涯，见时不易别更难！》、《忆当年，穿着细事莫等闲看》、《叹往昔，独木桥头徘徊无终期！》、《智慧花开烂如锦》、《采得百花酿蜜后》、《风雪万里栽铁花》、《"电工"鲁迅》、《好似春燕第一只》等多篇回忆之作。

曹靖华的《飞花集》我当时读起来还充满了文学的憧憬，继之又找来他翻译的苏联小说《铁流》，但是，这本《铁流》我读得支离破碎，用支离破碎来描绘，是今天仍留给我的阅读印象，现在若让我说当年的阅读印象，还是一些零散的片段：例如一路喝酒身上挂满机枪子弹的水兵，边走边不断鸣枪。当时我读着觉得奇怪，这些人是红军吗？以一个中学生的阅读，当时像《铁流》这样的描述，我实在读不进去，也理解不了。之后，曹靖华和他的书就离开了我的阅读视野。现在回过头来看，《铁流》是描写很原生态的文学，一支将遭屠杀的成员复杂的队伍，从血泊里冲出来，追赶红军主力，这群无组织的人，沿途扫荡了要消灭他们的敌人，终于锻炼成了铁的队伍，也追赶上了红军主力。

其实，曹靖华的资历很老，他是"五四"以后翻译俄苏革命文学的先驱者，和鲁迅、瞿秋白等人交往密切，《铁流》一书的翻译就是鲁迅约译的。从1925年到1936年10月鲁迅去世前两日付邮的最后一封给曹靖华的信为止，鲁迅日记里记载的给曹靖华的信有290多封。在1949年新中国成立后，不要说有上百封鲁迅写给自己的信，就是保存有寥寥几封鲁迅来信，都可以敷衍成篇，成为自己是鲁迅的战友或学生的资本的，何况曹靖华这样有将近300封鲁迅的来信。

曹靖华1920年中学毕业后先在小学教书，然后去上海在书局里当校对，并加入了社会主义青年团，随后被派往苏联，在莫斯科东方大学读书，1922年回国。北伐战争爆发后，1925年由李大钊派遣赴开封在国民革命军第二军苏联顾问团担任翻译。1927年大革命失败后，再次赴苏联，先后在莫斯科中山大学、列宁格勒东方语言学院等教书。1933年从苏联回国，在高校任教，抗战时在重庆在周恩来的直接领导下，参加了中苏文化协会和中华全国文艺界抗敌协会的工作，抗战胜利后，随中苏文化协会迁往南京，1948年应聘至清华大学任教。

1950年代初，曹靖华由清华大学调入北京大学，成为北大俄罗斯语言文学系的奠基者，最后也终老于北大俄文系。作为苏联革命文学的翻译者，曹靖华在新中国成立后，除了北大俄文系的工作和翻译之外，就是散文写作，而这些散文大多就是对革命前辈和鲁迅先生的怀念缅想之作，其实这些文章也更显出了曹靖华本人的革命资历。尽管曹靖华参加革命很早，但直到1956年3月他才正式成为中共党员。

"文革"时期曹靖华被打成了"黑帮"，这也是那一代知识分子共同的遭遇。"文革"之后，70年代末80年代初，在北京与曹靖华同属于一代的文人们，除了少数名重位尊的，大多数人的住房条件并不宽敞，在同时代许多作家的文章和书信里，关于住房问题曾是他们很大的苦恼，例如常任侠、萧乾、沈从文等人，在他们当时写的书信里，房子成了最头痛的问题，而巴金当年更是在给萧乾的回信里说，自己一定要为萧乾和沈从文的房子问题尽力，上书有关部门的领导以争取早日解决。在《曹靖华书信集》里有几封书信也谈到当时曹靖华为自己的房子而给有关领导和朋友写信，尤其是几封给领导人的书信，与同时代的别的作家文人相比，显出了非凡的不同：

1983 年 5 月 7 日曹靖华在写给"尚昆学长同志"的信里说："蒙您于百忙中惠临医院探视，终身感念不忘。房子问题，已得到妥善解决，这都是我长期无能为力的事。想今后生活可以安定，趁余年能再为党和社会作点力所能及的琐事，饮水思源，此皆老学长鼎力扶植之赐也！"（曹靖华所说已得到妥善解决的住房就是位于北京复兴门外木樨地 24 号楼的所谓部长楼，当年李锐、胡风、丁玲等从"流放地"归来的蒙冤者都被安排住进了

68

这里。）再如 1983 年 10 月 23 日致这位老学长同志的信里："日前工作单位替我举行教学六十周年纪念，蒙伯钊学长同志抱病光临，并致热情贺信，永世感念不忘，唯自愧庸碌一生，毫无所成，多蒙赞誉，感愧之余，奋然前行，倘使能作出微薄细事，皆两学长指引之功也。"在同一天，他还给邓颖超写了一封信，因为邓颖超委托身边工作人员参加了北大为曹靖华举行的教学六十周年的纪念会并赠送了花篮，曹靖华对"蒙大姐赐花篮"倍感荣幸，在信里说："长期来深蒙故总理及大姐指引，从反动政权下奋力庇护、提挈，才闯过那弥天长夜，得有今日。倘使我对社会稍有值得一提的话，皆先总理与大姐之赐也。"

这几封信都收录在《曹靖华书信集》（河南教育出版社 1991 年初版）里，据这几封信后的注释，在 1927 年大革命失败后，曹靖华与杨尚昆、李伯钊夫妇同在苏联莫斯科中山大学，所以才有了 1985 年 4 月 20 日曹靖华从报纸上看到李伯钊去世的消息给杨尚昆写信所说的"大革命失败后，在莫斯科，风雨同舟……"的话。引述这几封信里的话只是想说明，曹靖华的晚年在生活上得到了很好的照顾，作为革命文学家的代表，他也受到了领导人的尊重和照顾。

关于自己的文学作品，曹靖华1980年春在《飞花集》新版后记里写道：他不会写文章，但作为党长期关切、栽培的文艺队伍的一名勤杂人员，总想把生平所见、所闻、所感写出来，留给自己的孩子，让他们饮水思源，知所奋进。"文章虽不好，但我那颗心啊，一想起党，就像万顷波涛，汹涌澎湃，排山倒海……"

关于自己的性格处世，曹靖华在1978年10月22日写给上海一位友人的信里说：他是伏牛山人，只走直路，不懂拐弯，生硬，不懂"技巧"，心直易得罪人。并强调自己的这个性格"鲁迅深知之"。

晚年的曹靖华在社会上挂名的头衔很多，当然大多数是名誉性的，但也说明了他晚年所享有的社会地位。例如：中国作家协会顾问、鲁迅博物馆顾问、外国文学学会顾问、中国苏联文学研究会名誉会长等等，还有全国政协委员、国务院学位委员会委员等等。

1987 年曹靖华去世，享年九十岁。

1990 年代北京大学出版社和河南教育出版社联合出版了《曹靖华译著文集》，囊括了曹靖华一生的主要译著，共计十一卷，约 380 万字。前八卷是他的译作，后三卷是他的散文、评论、书信、年谱等。

现在，在网络阅读时代，还有多少年轻读者会有兴趣阅读曹靖华翻译的《铁流》呢？

俞平伯："此儿要改变门风"

　　俞平伯的书我读得很少，且不说他关于《红楼梦》的学术类的书，即便是他的散文作品，我读得也不多，原因很简单，觉得太涩。当然，我觉得俞平伯散文太涩是因为我的欣赏水平低。在 1980 年代初，因为读新出版的《中国现代散文选》知道了许多现代作家的大名，之前只是从课本里知道寥寥几位的大名。尤其是对俞平伯的大名记忆深刻，这或多或少与朱自清有关。朱自清的散文《背影》和《荷塘月色》当时已经收入到中学课文里，自然熟知了这位"宁肯饿死也不吃美国的援助粮"

的爱国知识分子的代表，但因为在《中国现代散文选》里有两篇同题散文：《桨声灯影里的秦淮河》，一位作者是朱自清，另一位作者是俞平伯。于是，便也记住了俞平伯。其实，那两篇同题散文，我还是喜欢朱自清的描绘，俞平伯的文章里夹杂了太多我读不进去的文字和内容。这也说明，阅读俞平伯是需要学识和年龄的。

再后来，虽然阅读中国现代作家的书渐渐积累得多了，俞平伯的作品集也收藏了几种，大多是他的早期文学作品结集，他的谈《红楼梦》的书，虽然也买了一本新版，但说实话，并没读进去。尽管所读不多，但零星还是留存了许多阅读的印象。例如，前几天突然又想起当年读俞平伯的书信集的印象：在俞平伯晚年给他儿子的信里，说到家里的第四代也就是他的重孙，俞平伯因为看到幼年的重孙因为挥舞小手做打人状，感叹到：自家的门风要改变了。之所以想起这则阅读的印象，原因无它，是因为与一位亦师亦友的朋友谈到网络上正沸沸扬扬将军歌唱家李双江的儿子陷身轮奸案一事，说到儿女的教育，朋友感慨到：不管是将军，还是歌唱家，更别说两者身份兼于一身的这样的名人，对待子女的教育，不能宠爱，更不能以所谓个性和叛逆来听之任之，由此事，朋友说到自己，说他的女儿还在小学时，有次因为一件小事，他随口夸奖了女儿，父女俩都很高兴。结果让朋友的老父亲看到了，就给朋友写了一封信，很认真地指责朋友说，你身为人父，怎么能当众如此夸奖自己的孩子呢？而且还是当着孩子的面如此夸奖！然后老人就从古人如何教育子女罗列了一二三等等，重点就是一个，不能骄纵孩子。朋友感慨，当年他老父亲的这封信他一直留着，现在他女儿已经是医科的大学生了，已经成人，他还记得信里的教诲。朋友说，像"天一""冠丰"这样的名字，用到孩子身上其实是很不妥的，这本身就暴露了作为家长在内心修养和如何教育孩子问题上的缺失，其实传统中国读书人是很注重这方面教育的。当时我突然想起了当年俞平伯在书信里的那句关于"吾家门风要改变"的话。

于是，从书架上重新翻出《俞平伯书信集》(河南教育出版社 1991 年初版)，翻找出那一段，信是 1984 年 7

月22日写给在天津的儿子的，信里提到的"丙"是俞家的第四代："来信时丙'动作太猛，有时打人'，这很重要，诚宜注意。我已微有所感，故说'此儿要改变门风'，非泛语也……必须熟读《种树郭橐传》亦此意。种植须自然发展方向畅茂，但有些不适当的萌芽却宜早期摘去，俟长成后，便难改动了。如小手戏打人是很好玩的，却必须即时禁止，不可姑息。小孩长成是很快的，断不可溺爱，溺爱将误大事，故不恤再三言之……"从这段话里可看出作为老辈文化人的俞平伯的教子观。

翻出这段关于孩子教育的书信后，又顺便翻阅这本俞平伯的书信集，突然有种重新发现的快乐。例如1983年1月16日写给儿子的信里，说到："黄裳赠《金陵五记》讲南京往事，古迹徒存其名，书也没有什么可看。只老虎桥监狱访周文，是第一手材料，难得。文中述知堂题画梅诗有：'恰似乌台（御史衙门曰乌台）诗狱里，东坡风貌不寻常'，自比东坡，何其谬哉！读万卷书，如不落实在自己身上，即毫无用处。这事我极感不快，自我批评亦难于描词，惟有苦笑耳。"在此段之后，是对自己近况的描绘:"近来稍有改变,夜间不大闹神经,亦未有此种惭愧心理耳。"其实,俞平伯非常尊重自己的老师周作人,但在民族大义问题上,对于当年落水的周作人,作为弟子的俞平伯是不能谅解的,对知堂以东坡当年因乌台诗案而落难自比自己因附逆日本人而在抗战胜利后入老虎桥监狱,即便过去了几十年,俞平伯读到这里仍然是"极感不快"。这种态度,其实和老人对待晚辈教育是一致的。

郑振铎："梦与毛主席同游北海"

翻览《郑振铎日记全编》(山西古籍出版社 2006 年初版)，尤其是他生命最后几年的日记，有许多内容今天看来，仍有不少可圈可点之处，例如他在 1957 年 3 月 7 日的日记里，最后一句写道："有梦，甚奇，梦与毛主席同游北海。"作为 1950 年代的中华人民共和国文化部副部长，对郑振铎来说，有这样的"梦"并不过分，在当天的日记里他如此记叙：

> 不到五时即醒。五时许起。沐浴。八时半，到

部。九时，参加中宣部召开的宣传会议小组座谈会。下午二时半，到政协礼堂，参加大会讨论。今天在大会上讲话者凡十四人，以科学家为多。有甚为精辟者。我听到七个人，即去。六时，偕篴到国际俱乐部，参加周总理招待九国（到者十国）使节的酒会。酒喝得不少。会后，总理讲话，对节约的意义，有所发挥。八时半，到小篴处，和点儿玩了一会，即回。九时许，睡，甚酣。有梦，甚奇，梦与毛主席同游北海。

翻检郑振铎1957年的日记，这则日记很有代表性，几乎概括了他在这一年里主要的生活：一般上午到部工作或参加小范围的会议或活动，下午往往参加大会，例如政协、文联开会等等，晚上时常参加外事活动。这些构成了郑振铎日常生活的主要工作内容，同时还伴随着逛琉璃厂，这个时间一般在下午或参加会提前离开或下班之后，逛古旧书店在郑振铎仿佛有瘾，隔三岔五就要逛琉璃厂。例如1957年2月28日（星期四）的日记：

不到六时即起。开灯工作。八时半，到部。九时，到政协礼堂，参加座谈会，即讨论昨天毛主席的报告。向达牢骚甚多。下午三时，仍赴政协礼堂参加座谈会，四时半，先行退出。在邃雅斋，取回前选的《太上感应篇图说》等。在来熏阁，阅宁波、杭州所购书。虽多残本，而内容丰富极了！明人集尤多罕见者……直到八时半才回，浑忘晚餐未进矣！不仅眼饱，腹亦饱了。甚是高兴！九时半，倚枕看书。不知何时入睡。冒雪访书，最有好兴致。街上行人寥寥，书肆中亦寂寂无人，乃得从容谈话，细访书踪也。

这则日记中所记他逛书店的情景是非常典型的，看他的日记，会看到他在每个星期里，总要在下午或早或晚去琉璃厂逛书店，不说每天必到，也几乎差不多，有几周的日记里，几乎是每天都要抽空跑到琉璃厂。这一年春天里所记参加的会多是与宣传有关，大多是听领导人的讲话报告，尤其是听到毛主席的讲话，甚至连那一天的云团都是有特殊呈现的，例如郑振铎在 1957 年 3 月 12 日的日记：

> 五时半起。梳洗后，天色已明，见东方有红云浓拥，景象殊佳。八时半，到部办公——到怀仁堂，参加宣传会议，听毛主席讲话。（下午）五时讲起，近七时，讲毕。至为透彻明畅。回家，已七时半，有精疲力尽之感。

从这年的初春到夏天，这中间他还去外地出差，也率团到国外访问，除此之外，这几则日记基本上呈现了郑振铎的日常生活。从初春到暮春，郑振铎参加的宣传会议基本上都是在鼓励大家百家争鸣的，例如郑振铎在 1957 年 2 月 16 日（星期六）的日记里所写：

> 七时许起。小院里鸟声细碎，残雪尚未消尽。上午八时许，到文学研究所主持全所会议，由何其

芳报告1956年研究工作检查情况，由我加以补充，说明要加强计划性、纪律性及联络工作。最后说明要消灭研究工作的空白点，要有新的力量的补充。下午，二时半，在沈部长家举行部长碰头会。四时许，钱俊瑞从中央开会后，传达毛主席的谈话，精辟之至。有关百家争鸣的一节，尤言人所未言。这是上最精彩的马列主义的一课……

而在1957年2月27日日记里，更是上午听毛主席讲话的传达，下午直接聆听毛主席的报告：

七时许起。八点半，到部办公。九时，开党组扩大会议，传达毛主席的谈话。十一时许，到考古所，晤夏作铭等，下午三时，到怀仁堂，听毛主席报告，说到的，凡十一个问题，以敌我之间的矛盾、人民内部间的矛盾为主，而尤以如何处理人民内部内的矛盾说得更多些。是以解决了不少迷惑的见解。七时许，散。足足谈了四个多小时，风趣横溢，时有妙譬，毫不觉得时间之长也。这才不是八股！这才真是马克思主义者的谈话！出怀仁堂，即到新侨饭店，应曹禺约也……（那一晚参加的还有郭沫若夫妇等）

从这段日记里，郑振铎对毛主席讲话的钦佩和服膺跃然纸上。在1957年上半年，在郑振铎日记里参加会议的内容多是关于百家争鸣的动员和座谈，他的日记都是很简单的寥寥数语，但若听了毛主席讲话等等就会写上几笔发自肺腑的由衷敬佩。但在他日记里若哪一天有了与古书版本相关的感受则更是笔底下流出一个藏书家的真情，例如他在1957年2月20日星期三所记录：

五时许即起。沐浴。时残月在天，余雪在庭，四无人声，仅尔康的读书灯已荧荧开亮。浑身觉得很舒服，很有劲。八时半，到部办公……十时半，到考古所，将明拓本礼器碑一册交给陈梦家。到隆福寺，得到明末刊本《丁卯集》和万历本《莆舆纪胜》，均佳。《十竹斋笔笺谱》仍未见到，其中必有诡诈！下午，四时许，到琉璃厂，遇到张奚若，在各肆阅书，颇有所得。取回来熏阁的《柳絮集》、《国朝诗品》等，邃雅斋的《乾隆戊戌缙绅全录》及《容台集》等，可谓"满载而归"！但书债何时能还之乎？夜，阅书。九时许睡。有梦。

这一天的日记把作为藏书家的郑振铎的性情暴露无遗，既有得书的快乐，也有与书贾的"暗战"。

从1957年夏天，郑振铎日记里的记叙有了变化，与上半年参加会议所记录的听领导人的讲话报告的感想不同，更多的是他发言表态的记录和参加反右和斗争的会议。如1957年6月21日（星期五）的日记：

六时起。八时到部办公。天气转晴，热。人民画报的两位编辑来谈。九时，到政协礼堂，参加江苏组讨论。我发言：（1）坚持社会主义民主，反对资产阶级民主；（2）百花齐放在民族美术方面的问题。六时许，回。……

在接下来的日子里，"反右"成了郑振铎日记里的主要内容，例如1957年6月22日的日记里，他先记叙上午九点到人大常委会参加代表资格审查委员会，接着在九点半回到部里参加北方昆曲剧院的成立典礼。周扬在会上讲百家齐放，推陈出新。郑振铎评价为"甚为精辟"。接下来是对陈毅副总理讲话和储安平作检讨的描绘："陈毅副总理对近来右倾情况，大加批评，他说：'我们是革命者，一切都需要革命，过去过左，今则过右了'……下午三时，到政协礼堂，参加江苏组讨论。储安平作了检讨，但极不深刻。"在1957年7月4日的日记里，对储安平还有如下记录："九时许，到政协礼堂，参加江苏组座谈会，听储、费、钱的检讨，均不深刻。许立群加以分析，甚为中肯。"这里郑振铎所说的"储、费、钱"就是当时几位"右派"代表人物：储安平、费孝通和钱伟长。在整个夏季，参加反右斗争会成了郑振铎日记里最主要的内容，还有他自己写发言稿和在会上表态发言等。例如 1957 年 7 月 8 日（星期一）的日记："八时，到部办公。写成《党和政府是怎样保护文物的》的发言稿一篇。下午三时，到怀仁堂，参加人代会大会。发言者甚为踊跃，且都针对着右派分子而发，意志激昂。"

在这样"战斗"的日子里，郑振铎仍忙里偷闲逛琉璃厂。例如在 1957 年 7 月 14 日，那一天仍是参加人代会大会：

> 九时，到怀仁堂参加人代会大会。章汉夫、胡绳的发言，博得了很大的掌声。章、罗、章等，也都做了书面的认罪的发言。十一时，散。下午四时，在怀仁堂继续开会，通过了各项议决案，于五时许，闭幕。即驱车到琉璃厂，在博古斋还了《石仓诗稿》账 50 元，在戴月轩购狼毫二枝，又到中国书店，购《古今文综》一部。我在童年时代，欣美此书而不可得，曾手抄其中"论文"部分，成为二册。今始得

以，亦快心也！又得他书若干。

"章、罗、章"即章伯钧、罗隆基、章乃器。看这段郑振铎的日记，前后两部分的内容泾渭分明，显得非常不搭，但又非常"和谐"地体现着郑振铎的生活。再如1957年7月16日日记里有如此记录："九时，到政协礼堂，参加科学院反右派斗争会。我作了书面发言。下午三时，仍到政协礼堂，参加斗争会。这个会，主要地以曾昭抡、钱伟长为对象，揭发了他们许多的反党、反社会主义的情况。六时，散。归后，甚倦。看书。不到九时，即入睡。"

从1957年7月30日开始，郑振铎再参加的反右斗争会就主要是在文联大楼或文学研究所了，所斗争的对象也大多是文人作家或评论家，如在当天的日记里，他写道："下午二时半，到文联大楼，参加作协党组扩大会，对丁、陈反党联盟展开大辩论。方纪揭发了陈企霞的反党活动。陈的发言，群众大为不满。丁玲发言将近二小时，尚不深刻。直到七时才散。归后，甚倦。什么

地方也不能去了（本来要去看戏）。九时睡。"到第二天，
郑振铎的日记很详细，也非常典型：

> 几乎失晓，近七时才起。看报。八时，到部办
> 公。伊见思送《古本剧丛四集》的目录来。八时半，
> 参加扩大部务会议，由沈部长传达国务会议上周总
> 理的讲话，动员大家从事反右派斗争，并作自己思
> 想及出身的分析。下午，沐浴。二时半，到文联大
> 楼，参加对丁、陈的辩论会，陈企霞今天发言，比
> 较地老实，但似乎还保留不少。五时许，到越南大
> 使馆，参加欢迎缅甸议会代表团的酒会，七时散。
> 喝了不少酒。甚热，不能做事。九时许，睡。

那些日子里，郑振铎几乎每天都要参加斗争会，到
文联大楼参加中国作协的会主要是针对"丁玲、陈企霞
反党集团"的斗争会；还要去文学所和考古所参加对陈
涌和陈梦家的斗争会。如1957年8月1日："六时起。
效贤阁送我所选的书来。中有万历本《遵生八笺》，较

好。八时，到部办公。九时，开美协扩大会议，批判江丰，遇梁思成，他说起明长陵稜恩殿因雷击起火事。我大吃一惊，立刻到文物局，偕同张珩及思成赶到明陵去……十二时许，回。送思成回清华。下午四时，到文联大楼参加作协的扩大会议。柳溪、艾青、唐达成作检讨。柳、艾均哭了。六时，散。"散会后，郑振铎先到东安市场买了水果，六时半，到了北京饭店，参加北京市长彭真欢迎缅甸议会代表团的宴会。郑振铎说，大家见面时都问他关于长陵被雷击的事，可见市领导们的重视。吴晗、曹禺也参加了这次宴会。8月2日："八时半，到文学研究所，参加反右派斗争会；陈涌是一名老党员，文艺理论家，乃亦加入反党集团，实缘其有资产阶级右派思想也。"8月3日："十时许，参加国画界反右派的大会。下午二时半，到文联大楼，参加丁、陈辩论会。陈企霞态度比较老实，交代了不少问题。丁玲支支吾吾，不知说些什么。"8月6日："下午二时半，到文联大楼，参加对丁、陈错误的讨论会。今天发言者，有田间、李又然、林默涵诸人。默涵同志揭发丁玲的过去的错误，甚为深刻。六时许，散。"8月7日："下午二时半，到文联大楼，参加关于丁、陈错误的讨论会。七时散。"8月8日："下午二时半，到文联大楼，参加关于丁、陈错误的讨论会。丁玲作第四次的发言，但是只是讲理论，认错误，并不接触到具体的事实。像抒情的叙述，不像自我检讨……"

在郑振铎日记里记录着他和陈梦家的交往，但在反右派斗争里，郑振铎在日记里对自己的这位朋友也并不留情。如1957年8月9日的日记：

五时半起。沐浴。看报。八时，到部办公。写了一篇关于丁、陈错误问题的发言。下午二时半，到考古研究所，参加对右派分子陈梦家错误的讨论会。首先由我说了几句话，然后由陈梦家作初步检讨，琐碎得很，全无内容。王世民加以比较详细的揭发，石兴邦予以根本的驳斥。大家一致不满陈的检讨。近六时，我先走，因为要招待外宾也……

1957 年 8 月 10 日，郑振铎又去中央统战部参加了整风座谈会，"由张执一同志主持，说明反右派斗争的进行和整风运动即行开始的情况。主要是研究无党派人士如何参加整风的问题。我说了话，着重在加紧学习、加紧思想改造方面。"接下来几天，几乎天天都是关于丁玲、陈企霞错误问题的座谈会，如 1957 年 8 月 13 日："下午二时半，到文联大楼，参加关于丁、陈错误问题的座谈会。发言者有邵荃麟、蒋天佐、钱俊瑞诸同志。邵、钱均坚持党的原则性，以事实证明个人主义的资产阶级思想与党及社会主义不相容。极为精辟透彻。七时半，散。"而到了第二天下午继续进行的关于"丁陈反党集团"问题的大会上，已经从丁玲和陈企霞的反党问题扩展到了冯雪峰的身上，郑振铎记录说，会上发言的人很多，"夏衍同志揭发了冯雪峰的反党活动，引起与会者的愤慨，适夷当场大哭。人民文学出版社的徐达、郑效洵也说了话。六时半，散。"在 1957 年 8 月 16 日的日记里，郑振铎所记都是与"反右"有关：

六时起。看报。王冶秋来谈。八时，到部办公。八时半，开部务会议，由陈克寒部长报告文化部各单位反右派斗争的情况。下午二时半，参加作协党组扩大会议，讨论丁、陈反党集团问题。我发了言。继之，李伯钊、冯雪峰发言。冯的话，大家实在不耐烦去听，吞吞吐吐，不尽不实。何其芳的发言，分析并批判了冯雪峰的文艺思想与和胡风共鸣的言论，甚为深刻。近七时，回。

次日，郑振铎又参加了文化部召开的民主党派及无党派人士的座谈会，讨论展开反右派斗争及整风运动的事。茅盾、钱俊瑞及吴晗三同志在会上讲了话。到了8月20日（星期二），郑振铎日记里"看报"的字眼出现了两次，可以看出当时他在注意报纸上的动向：

六时起。看报。为《政协会刊》写杂谈二篇。看报。八时，到部办公。人民出版社送来《插图本文学史》稿费等3500元。到隆福寺各肆一行。在修

绳堂购《辞海》等数种，用 15 元。下午二时半，到
文联大楼参加讨论丁、陈反党集团的会议，袁水拍
同志以理论驳斥了冯雪峰的文艺思想。郭小川同志
以搜集到的资料，证明雪峰和胡风集团及丁、陈反
党集团的关系……

接下来的几天，一直到 8 月底，到文联大楼参加关
于丁玲、陈企霞反党集团问题的大会成了郑振铎日常工
作的主要内容，这期间他还写了《把一切献给党》(讨论
丁、陈反党集团会上的发言)送到《光明日报》。郑振铎
说之所以写此文是因为《光明日报》"索之再三"。在他的
日记里也记录了在批斗丁、陈的会上，杨朔、萧三、臧
克家等等都做了发言或书面发言。到了 9 月初，郑振铎
脱离开了这种参加批斗会的生活，1957 年 9 月 3 日，他
率领中国文化代表团出国访问，先是到保加利亚，之后
郑振铎又到捷克斯洛伐克讲学，最后又去苏联讲学，一
直到 1957 年 12 月 2 日才回到北京。

在 1957 年最后的这个月，与反右派有关的记录在

郑振铎 1957 年 12 月 27 日的日记里又有了一点参加如何处理"右派"会议的"尾声":"下午二时。参加文联主席团扩大会议,讨论右派处理及整改事"。再就是在来年2 月 13 日又有反右派的余音:"下午二时,到文联大楼,参加文联理事会,讨论处理右派及繁荣创作等"。

在郑振铎之后的日记里,与"反右派"相关的字眼就不再出现了,但却出现了"改造自己"的字眼,如1958 年 9 月 14 日的日记:《光明日报》的《文学遗产》上,今天刊出了北京大学生的瞿秋白小组的对我的《俗文学史》的批评,十分的尖锐。这是一声大喝,足以使我深刻地检查自己,并更努力地改造自己。是痛苦的,但也是一帖良药。"又过十天,即 1958 年 9 月 24 日星期三的日记里,郑振铎开始了面对自己接受批评和帮助的会:

　　八时半,到沈部长住宅,漫谈我的思想、工作作风等。先由我自己检查,说明自己是一个半封建、半殖民地社会所产生的典型的知识分子,有许多缺点。欢迎同志们多提意见，多帮助。发言者，有茅盾、吴仲超、王冶秋、徐光霄、刘芝明诸同志，最后由钱俊瑞同志作总结发言。光霄和俊瑞二同志的话，极为尖锐，但也最击中要害。我表示愿意大力地改造自己的思想，改正自己的作风。十二时半，散。下午整理自己的思想，下决心不再买书，并清理积欠，作为改造思想的基础。书籍也是"物质基础"之一也。

在这天的日记最后，郑振铎还记录到："夜，七时半，到对外文委开会，谈赴阿富汗和阿联的文化代表团组织及方针、任务。九时半，回。"也正是这次即将到来的率团出访，让郑振铎再没有了"大力改造自己的思想"的机会了。在1958年10月8日的日记里，郑振铎记录了他到文学研究所作自我检讨的情景："七时半，到文研所，和何其芳同志谈了一会。八时半，作自我检讨，说到十一时半，还觉得不深不透，并表示要求大家大力帮助。"这是郑振铎第一次到文学所作检讨接受大家批评，也是最后一次。他的日记截止到 1958 年 10 月 16 日。1958 年 10 月 18 日，在他率团赴阿联和阿富汗途中，飞机失事，机上人员全部遇难。郑振铎这一年正好六十岁。

顾颉刚书信日记里的点滴

其实，我要谈的是一张老照片。

五卷本的精装版《顾颉刚书信集》(中华书局2011年1月版)，搬回家后，晚上先慢慢打量，第一卷正文前附加的老照片，首先吸引住我的就是这张似曾相识的老照片：照片上是四位风华正茂的青年学生，说明文字是："1912年1月29日加入中国社会党的留影。"并注明：

"左起：王彦龙、顾颉刚、叶圣陶、王伯祥。"

这四个名字，除了王彦龙外，另外三个对于稍微熟悉中国现代文学和现代文化史的，应该说都是如雷贯耳。

王伯祥的名气虽然不能和叶圣陶、顾颉刚相比，但只要对叶圣陶、俞平伯等人的书有比较多的阅读，自然也会熟悉王伯祥这个名字，王伯祥既是叶圣陶的同学，也是终生的同志和朋友。顾颉刚就不用说了，从中学课本里学习了鲁迅的文章，就知道了当年和鲁迅"做对"的一个敌人就是顾颉刚。只有王彦龙这个名字是陌生的。关于此人只在叶圣陶青年时代的人生大事上有过交代，在许多关于叶圣陶的文字里，都有在同学王彦龙的婚庆上，顾颉刚和叶圣陶都参加了，尤其是叶圣陶和夫人的缘分也是因王彦龙而成就的。

这张照片之所以说似曾相识，是因为与之前我记忆中的一张照片很相似，这就是《中国大百科全书》中国文学卷里的一张照片。

从书橱里拖出《中国大百科全书·中国文学卷Ⅱ》（中国大百科全书出版社 1986 年 11 月初版，定价：18.65 元。顺便说一句：这个定价在当年可以说是高价了，《中国文学卷》一共有两卷，两卷的定价加起来，将近 40 元人民币了，那个年月，对我不是个小数）。在此卷的扉页上，有我买书的记录："1988 年 3 月 26 日于青岛。"在此书的铜版纸插页中，有一幅三人合影，照片上是三位"文学青年"，文字说明是：

"1911 年叶圣陶（中）王伯祥（左）顾颉刚（右）合影"。

这个说明文字上的姓名排列顺序应该说是以这三人在中国现代文学上的地位为序的。

现在对比《顾颉刚书信集》卷一正文前的这张合影，不难看出，《中国大百科全书·中国文学卷 II》上的那张三人合影是从这张"截图"而来，裁掉了王彦龙，将一张四人合影，PS 成了三人合影。照片上王彦龙、王伯祥和顾颉刚的左胸都挂着一枚"勋章"，现在结合《顾颉刚书信集》的文字说明，可以说这勋章正是辛亥革命时代的"柿油党"之一："中国社会党"的勋章。

这样看来，中国大百科全书上提供的照片是为了突出主要人物，所以删节了没有名气的王彦龙，这样做也可以理解，但他们所标识的时间却早了一年。

晚上闲翻《顾颉刚日记》是从后边开始的。《顾颉刚日记》共十二卷，其实日记是前十一卷，第十二卷是人名索引。偶翻卷十一，翻到1969年的日记，4月30日的日记后边，是附加的一份《检讨》的目录和已经完成的内容的目录，两项对比，也有许多"意思"：

《我的罪恶史》(纲要)

1.我的家世 2.加入社会党 3.我接近了胡适（反对李大钊、鲁迅）4.我得罪了鲁迅先生 5.我和朱家骅的关系……

这个目录之后，是已经完成的各节的目录：1.我的家世 2.我加入了江亢虎的社会党 3.我和大反动分子胡适的关系 4.我在北大六年 5.我对于鲁迅先生的罪行 6.我开始勾结大反动头子朱家骅 7.我在燕大及投入国民党反动派……

在同年8月28日的日记里，顾颉刚先生写了看到那些批判自己的大字报的标题，然后感慨："……冒雨往返，衣裳尽湿，固缘天热，亦由体衰，不意高年，得此揭发。只得向人民低头服罪，夫复何言。我壮年时出足风头，自当有此结算，书此以志悔矣。"

在《顾颉刚日记》卷十一的 171 页，写有一份检讨书：《反鲁迅的本质》。逐条对比自己与鲁迅的伟大之不同的地方，就是在逐条对比鲁迅剖析自己的错误和罪恶的根源，尤其最后说到："看《鲁迅日记》，里面充满了革命思想，和我的日记相比，则日记里全是封、资、修的一套。"

从这些片言只语里可以看出作为历史学家的顾颉刚在灾难的岁月里如何解脱自己的内心和应对外界的残酷。

1999 年秋我曾写过一篇《岂忍偷生餍稻粱》，是读顾颉刚女儿写她父亲的传记的感想：

晚年的顾颉刚曾写下两句诗："不甘待死耽床席，岂忍偷生餍稻粱。"这是我读完顾潮写的《历劫终教志不灰——我的父亲顾颉刚》(华东师范大学出版社1998年初版）后，这两句诗萦绕在我的耳畔，久久不能散去。一位沉醉于中国传统文化的老人，穷尽一生，叩经问典，在生命的最后岁月里，仍痴迷于学术求索。做为女儿，记录自己心中的父亲，无疑在平实叙述中深浸着亲情，"父亲一生在学术园地里辛勤耕耘，创造了辉煌，也留下了遗憾。正如他为自己所拟的对联中言：

好大喜功，终为怨府，
贪多务得，那有闲时！

这正是父亲的性格写照。这种个性，使他在中国20世纪的学术史上留下了一份独特的遗产。"

这本书是由顾潮根据顾颉刚遗留下来的文字资料撰写的，"雪泥鸿爪，立此存照"，她描述了一个学者恪守史学家操守的探寻历史的一生。在"文革"动荡的岁月里，顾颉刚依然"积习不改"，忠实地记录"颉刚日程"，曾有好心人劝他将有碍之文字自行销毁，可他无动于衷，他不仅自己不销毁，也不容别人销毁，他的夫人曾把他日记中能带来"麻烦"的一页撕毁，他很生气，责怪她破坏了他的日记，于是另外换了一页，重新抄了一张订入册中。一个人真实的日记是所处社会和时代的缩影，做为历史学家的顾颉刚，他既在检验着历史，辨伪存真，也在自觉自愿地为后人积累着留待检验的历史资料。尽管顾颉刚学问探索之初的"禹或是九鼎上铸的一种动物"被简化为"禹是一条虫"而哄传一时，成为他人讥笑的口实，但他在漫长的学术跋涉中，始终忠于治学传承，决不随风摇摆作违心之言。

耄耋之年的顾颉刚在《八十述怀》诗中曰：

百年已去五之四，剩此一分奈若何？
丛叠撑肠千万树，还须凿道伐高柯。

从诗中不难看出，顾颉刚心中的学术之火还没有熄灭，他依然专注于"古史辨"。在"古纸堆里摸索多年"的顾颉刚，支撑他的思想和衰老躯体的是悠久的传统文化："历史的传统不能一天中断，如果中断了就会前后衔接不起来……自己的生命总有终止的一天，不值得太留恋，但这文化的蜡炬在无论怎样艰苦的环境中总得点着，好让孑遗的人们或其子孙来接受这传统。这传统是什么，便是我们的民族精神，立国根本。"

这本书属于《往事与沉思》传记丛书，"往事"已经遥远，在时间河流的荡洗下，那些恩怨和是非已沉入历史，引发"沉思"的正是顾颉刚一生体现出来的这种传统文化的精神和力量。

现在翻览这规模宏大的《顾颉刚日记》，不能不想起他女儿描绘的他"积习不改"忠实地记录"颉刚日程"的场景。

《顾颉刚日记》（十二卷本）、《顾颉刚书信集》（五卷本）中华书局2011年1月版。

陈独秀的面貌

在一本《潘玉良》的画集扉页上，我写道："2002年7月购于青岛日报阳光大厅潘玉良画展。"严格意义上，这本画集不是正式出版物，只是安徽博物馆为配合在各地的潘玉良作品巡展而印制的作品图录册，在封底印有工本费40元。当时在这里正举办潘玉良的画展，都是小幅的油画和速写，潘玉良的作品大多是小幅油画，没有大幅的作品。画展是收费的，入口处也摆了这本画册在卖。当时觉得40元的工本费有些贵，但看到她的那些极具个性的女人体画，还是买了下来。那也是我认识潘玉良的开始。在潘玉良的画展上，最吸引我的，除了那些画法独特的女人体外，就是在一幅速写人体画上，有陈独秀的题跋，陈独秀的字娟秀飘逸，当时很奇怪：陈独秀怎么会给潘玉良的画题跋呢？

上边这段话是我写《潘玉良：传奇之外更有艺术》一文的开头。其实当时我对潘玉良并没有多少了解，正是因为好奇陈独秀何以会在潘玉良的速写人体画上题跋，才找来潘玉良的传记阅读。潘玉良与陈独秀，因为这样的一点"机缘"让我对他们有了与之前不同的"认识"，也才有了更深一步的阅读。

其实，若往前追溯，我是从1980年代初开始阅读陈独秀的。当时还在读高中阶段，我开始读《鲁迅全集》（人民文学出版社1981年版）时，有一阵最感兴趣的是正文后面的注释，或者说是对注释中涉及的一些历史人物感到兴趣，这些人物的名字虽然如雷贯耳，实际上对他们的人生际遇和道德文章我所知甚少，在这之前我脑海中储存的关于他们的印象就像京剧中的脸谱，红脸白脸，好和坏的界线划分得十分清楚，譬如：陈独秀，"右倾投降主义"的头子，曾给我党带来沉重的灾难，历史已有定案，尽管我并未读过陈独秀的片言只语。

鲁迅先生在"我怎么做起小说"一文中说，他"必得纪念陈独秀先生，他是催促我做小说最着力的一个"。这篇后面的注释文字也较多：

陈独秀（1880—1942）字仲甫，安徽怀宁人，原为北京大学教授，《新青年》杂志的创办人，"五四"时期提倡新文化运动的主要人物。中国共产党成立后任党的总书记，第一次国内革命战争后期，推行右倾投降主义路线……1929年11月被开除出党。"五四"时期，他在致周作人的函件中，极力敦促鲁迅从事小说写作……

对于"五四"《新青年》时期的同志，鲁迅在《忆刘半农君》中写道，其时最惹他注意的是陈独秀和胡适之，假如将韬略比作一间仓库，陈独秀的是外面竖一面大旗，大书道"内皆武器，来者小心！"门是开着的，一目了然，用不着提防；而胡适的是紧紧的关着门，门上粘一条小纸条道"内无武器，请勿疑虑"。"这自然可以是真的，但有些人——至少是我这样的人——有时总不免要侧着头想一想。"对于鲁迅来说，他佩服陈胡，但更"亲近"像刘半农这样令人不觉有"武库"的一个人。

　　然而从鲁迅关于陈独秀的片段回忆中，难有清晰的印象，但已与最初留下的记忆有所不同。尤其是读了斯诺的《西行漫记》(三联书店 1979 年版)。斯诺记叙毛泽东关于大革命时期的叙述时，几次提到陈独秀，譬如："1921 年 5 月，我去上海出席共产党成立大会。在它的组织里，起领导作用的是陈独秀和李大钊，他们二人都是最卓越的中国知识界领袖。我在李大钊手下在国立北京大学当图书馆助理员时，就迅速地朝着马克思主义的方向发展；陈独秀对我发展这方面的兴趣也大有帮助。我第二次去上海，曾与陈独秀探讨了我所读过的马克思主义著作，亲聆他谈他自己的信仰，这在我一生也许是最关键的时期深深地影响了我。"

　　1980 年代末，我买到一本拿在手里感觉分量颇重的

《独秀文存》(安徽人民出版社 1987 年第一版),顺手翻阅了一下,并没有读进去,不像读周氏兄弟的著作,沉浸在文学和知识的趣味中。在"五四"80 周年之际,我又细读陈独秀的作品,这才理解了鲁迅先生所说的"内皆武器,来者小心"却用不着提防的话。

《独秀文存》收入的是自 1915 年创办《新青年》(先叫《青年》,后来才改《新青年》)杂志至 1922 年他在上海投身政治活动之间所做的文章,分论文、随感录和通信三卷,他写的是他的"直觉",把他"自己心里要说的话痛痛快快的说将出来,不曾抄袭人家的话,也没有无病而呻的说话"。他的文章不是文学作品,也不是学术论文,这和鲁迅及胡适明显不同。陈独秀的文章既充满胆识,文锋犀利,又思想活跃,切中时弊。他走出了书斋,秉笔直书,关注的社会层面非常广泛,袒露着一颗赤诚之心勇猛向前。他的通信大多为编《新青年》和读者、作者之间来往的信函,也是有关新文化运动的辩护、表白和注释。譬如就新文学与旧文学的区别,他在书简中写道:"方之虫鸟,新文学乃欲叫于春啼于秋者,旧文学不过是啼于严冬之虫鸟耳，安得不取而代之耶？"（论《新青年》之主张）他作为《新青年》的旗手，在他的周围聚集了一批新文化的建设者，譬如胡适、鲁迅、周作人、钱玄同、刘半农、李大钊等等。

1917年1月胡适在陈独秀主编的《新青年》杂志上发表了他的《文学改良刍议》一文，用他自己的话说，是新文学革命的第一次正式宣言书。陈独秀接着胡适的这篇文章之后，发表了《文学革命论》（1917年2月），正式举起了"文学革命"的旗帜。陈独秀主编的《新青年》杂志成为新文化运动的"产床"。正是他们的鼓吹和呐喊，才在1919年5月，鲁迅所言的那间"绝无窗户而万难破毁"的"铁屋子"终于被青年人用愤怒的拳头砸出了一扇窗户。

茅盾发表于1941年的《客座杂忆》（《茅盾散文速写集》人民文学出版社1980年第一版）开首一篇就是《新青年》谈政治之前后"，文中写道"民国十一年"陈独秀将《新青年》杂志由北京迁来上海，又由他一人主持，不再像"五四"时期由几人轮流主持，编辑移沪后之第一期可谓为结束了过去的以"文学革命"为中心任务的《新青年》，开始了以"政治革命"为中心任务的《新青年》……不久，被毛泽东喻为五四运动时期总司令的陈独秀就成为中国共产党的第一任总书记……

回眸"五四"新文化运动的领袖和导师们，后来大多仍是以一介书生为人生最后的归宿，即便是当时狂飙突进的陈独秀，最终也是如此。

胡适的自传与书信

胡适属于青年时就"暴得大名"的人，这自然缘于他所倡导的"文学革命"，尤其是他身体力行的白话文写作。与他的文学创作比，他的学术成就要显著许多，"大胆怀疑，小心求证。"这话简直成了他的代名词。譬如：他对《红楼梦》的研究，对曹雪芹身世的考证，不仅仅使得"红学"成为一门"显学"，更重要的是把一种新的观念、新的方法引入了新文学运动后的知识界。

对于有强烈的"历史癖"的胡适来说，他一生还大力提倡传记文学，写了《四十自述》和《我的信仰》以及回忆当年开始文学革命的《逼上梁山》等，在《四十自述》的"自序"中，胡适强调，自传的写作，必须是赤裸裸的叙述，这样才能"给史家做材料，给文学开生路"。他的这些自述，叙述了童年在家乡，少年在上海，青年时代旅美，直到回国后的生活，既有生活上的悲欢和治学时的甘苦，也有思想信仰的形成和学术观点的建立。许多年前我初读到《胡适自传》(黄山书社1986年第一版)，很为上述内容吸引，尽管胡适的自传比起既充满传奇又文采斐然的《从文自传》来说，显得有些枯燥单调，但这毕竟是史家"赤裸裸的叙述"，并不能当"文学"来读的。

与这本《胡适自传》相比，《胡适口述自传》(华东师范大学出版社1993年第一版)要有趣得多，但这并非胡适的"成绩"，他的"口述"其实更为"干巴"，只有骨头，没有肉。读起来有趣是因为唐德刚的"注解"。50年代，胡适在美国哥伦比亚大学作了十六次口述回忆，提纲挈领地介绍了他的家世、求学、治学的主要经历和成就。二十年后，当年协助胡适完成这些口述的美籍华裔史学家唐德刚将哥大正式公布的录音英文稿，和自己保存并经胡适手订的残稿，对照参考，综合译成中文，即《胡适口述自传》。这本"自传"最大的特色，不在于胡适又说了些什么，是唐德刚根据他与胡适的交往，访谈中的质疑、问难和感想，再加上唐氏自己旅美生活的见闻感受，在胡氏口述之外，加上了内容丰富，颇具知识性和趣味性的"译者注"。这本"自传"可称具有唐氏散文风格的《胡适自传》。

我原以为读过这两本胡适的《自传》，对胡适已有了一个清晰的印象。谁料到历史老人和有"历史癖"的胡适之先生开了一个玩笑，让后世有"历史癖"的学者抠出了胡适未必希望抖搂出来的"赤裸裸的叙述"，这就是《胡适与韦莲司》(北京大学出版社 1998 年第一版)。该书副题："深情五十年"，透露出了埋藏在胡适心底的隐情，也说明了提倡《自传》的写作必须是"赤裸裸的叙述"，只是一种理想境界。这本"深情五十年"也可看作胡适的《自传》，至少是他"自传"的补充。该书内容系根据胡适和他的美国女友韦莲司相交五十年间未被公开的书信。这些书信更接近于"给史家做材料，给文学开生路"，"刻画"出了持续五十年的爱情或说友情。书前插页有一张是胡适的墨迹："衣带渐宽终不悔，为伊消得人憔悴。"这简直可拿来作韦莲司对胡适痴情半生的注解。与这位一生在等待中度过的美国知识女性相比，品行为世人所称道的胡适之先生倒显得有些渺小。当然，这也只是胡适的一个侧面，让人感叹和深思。

"五四"时期，胡适之以提倡文学革命与思想解放而成为新文化运动的领袖人物，后来虽曾做过大大小小的职务，终其一生，仍是个文化人。他一生交游甚广，曾自谓"我的朋友遍天下"。

那个时代，朋友之间的交流除了聚谈主要是通信，电话只出现在少数人家；不像现在，手机已经普及，连固定电话都要被淘汰了。胡适的朋友多，自然往来书信也极多，况且胡适又是一位既喜欢写信又非常重视书信交流的人。他和朋友们相互沟通，表达思想感情以及谈学论艺，大多是通过书信这种载体的。现在看他们的往来书信，非我们时下所能想象，简直匪夷所思。

胡适 1949 年离开大陆去美国之前，留在北京寓所里的个人书信就有六百余封，他人来信有一万余通。胡适有细心保存书信的习惯，喜欢以书信为著述，对讨论学术问题的书信更是倍加珍惜，比较重要的书信，他都尽量抄存留底，若没有留底，则往往要求收信人阅后退还。他对别人的来信，也是爱护备至。他曾说保留这些书信，就是要为后世学者保留一些原始资料。与胡适书信来往谈学论道的，大多是他同时代的学术名流，翻阅一下这些通信者的名单，譬如梁启超、蔡元培、王国维、周氏兄弟、陈独秀、顾颉刚、吴晗……仿佛走进一座中国现代历史文化博物馆，从"五四"时期直到 40 年代末，他们之间的书信，为那个年代中的学术和文化提供了第一手的"注释"。

　　有几分证据，说几分话。这是胡适倡导的学术态度，这种态度，也是他书信的风格。他的这些书信因属"论学"，故诚恳朴素，今天对普通读者来说难免枯涩单调，甚至乏味。与他写给早年留学美国时结识并交往 50 年的女友韦莲司的信在"风格"上自然有着天壤之别。"论学"

的胡适本是要给后世学者留下原始资料；而"深情"的胡适恐怕并不希望他写给韦莲司的书信公开发表，即使是身后被利用来描述他们之间持续半个世纪的爱情或说友情。这样一想，又有些怀疑自己的阅读趣味，读人家的书信是否为了满足"窥私"的心理。

（《胡适论学往来书信选》上下册，河北人民出版社1998年第一版）

陈寅恪的一首诗

《寒柳堂集》中有一首陈寅恪 1950 年 1 月所作诗，即《纯阳观梅花》：

> 我来只及见残梅，叹息今年特早开。
>
> 花事亦随浮世改，苔根犹是旧时栽。
>
> 名山讲席无儒士，胜地仙家有劫灰。
>
> 游览总嫌天字窄，更揩病眼上高台。

当年读《陈寅恪的最后 20 年》(三联书店 1995 年第

一版）这部沉重的传记，我想到了这首诗，最后一句也许可以用来对这段尘封的历史作一个注释。

其实，对于史学大家陈寅恪的生平著述，在读这本《陈寅恪的最后20年》之前，我所知了了，只是从他人文章中读到他的一点风貌：一生潜心学问、不求显达、学贯中西、文史兼通，在学术研究上是一座不可企及的高峰。

曾昭奋曾在《读书》杂志（1994年第7期）上感慨"清华园里可读书？"在感叹时风前先写到了清华园中由陈寅恪撰文、梁思成拟式的王国维纪念碑，"由于这三位清华学人在中国学术界中的无可争辩的崇高地位，使这块貌不惊人的石碑，成为中国近代碑林中的'三绝'"。在这三人中，我感到陌生的应首推陈寅恪先生。

谢兴尧先生在"读书有味聊忘老"一文中曾回忆了20年代末听陈寅恪讲学的情景：早年的陈先生身体很弱，高度近视，他的讲课比较专门精深，非一般低年级学生所能接受。他在清华大学，梁启超先生讲某一问题时，常对学生说你们去问陈先生，可见学者们对他的推重。不由又想到董桥在"说品味"一文中所述：梁启超向清华校长曹云祥推荐陈寅恪，曹问："陈是哪一国博士？"梁答："他不是博士，也不是硕士。"曹又问："他有没有著作？"梁答："也没有著作。"曹说："既不是博士，又没有著作，这就难了！"梁大怒，说："我梁某也没有博士学位，著作算是等身了，但总共还不如陈先生寥寥数百字的价值！"

陈原先生在他的《黄昏人语》中曾记述了在一个偶然机会他有幸在清华大学某个小会议室里看到4+2幅肖像：四幅挂在较长的一边墙壁上，另外两幅则挂在较狭的一壁。是四个巨人像：王国维、梁启超、陈寅恪、赵元任，另外两幅则是闻一多和朱自清。"六个真正的学者，六个中华民族的智者，六个真正的'人'，各有各的见地，各有各的贡献，各有各的遭遇，各有各的心路历程。但他们的肖像挂在一起，却活生生画出了近百年中国知识分子走过的道路，远非平坦的道路。或者可以说，他们心中都刻画了两个字：中华。"

正是从这本陈寅恪后半生（1949—1969）的传记中，我才理解了何以称陈寅恪先生为"教授中的教授"。在这本书中我也"拜读"到了清华大学王国维纪念碑，尤其是陈寅恪先生所撰的碑文，体现着他的治学精神和独立思想。

这是一本根据大量档案文献和第一手采访资料写就的饱含激情的"史"书。诚如作者陆键东在"前言"中所说：这是一段很值得表述的历史。这也是一段不易表述的历史。从陈寅恪离开清华园南迁广州的康乐园，即诀别清华大学来到岭南大学直至中山大学，已双目失明的陈寅恪经历了短暂的欢乐和长期的磨难，他的生命热能在磨难中喷涌着，长期的积淀孕育了学术生命的辉煌。司马迁所谓"西伯拘而演《周易》，孔子厄而著《春秋》，屈原放逐乃赋《离骚》，左丘失明厥有《国语》……"这在晚年的陈寅恪身上也得到了体现。从 1949 年至 1966 年陈寅恪新撰论文十七篇，写下专著《论再生缘》、《柳如是别传》，字数达百多万文字，几达他一生著述的一半。本书就此与他的同时代学者如胡适、郭沫若、陈垣、顾颉刚等作了一个比较，比照也许是片面的。但比照更是深刻的，读后久久不能释卷。走向暮年的陈寅恪，生命历史的情感异常活跃，充满了一种鲜活的感受力，"大气磅礴的人生似乎才刚刚开始"，其名山事业正进入高潮，生命正向"博大精深"处开掘。正如王元化先生在《清园夜读》中所说：人的尊严愈是遭到凌辱，人的人格意识就愈会变得坚强起来。可以说这本传记忠实地描述出"陈寅恪为后世的中国学人提供了一种在文化苦恋及极浓的忧患意识煎熬下生命常青的典范"。在这个意义上说，晚年陈寅恪的生命历程也是"一种文化艰难跋涉的历程"。写到这里，不能不提到陈寅恪晚年的助手黄萱，这位对中国传统文化浸染极深的女性，实在是"历史对这位更感孤独的文化老人的顾怜"，从而使得失明"膑足"的陈寅恪继续他的学术研究和著述生活。

1934年，陈寅恪在"王静安先生遗书序"一文中饱含深情地写道："先生之学博矣，精矣，几若无涯岸之可望，辙迹之可寻。……寅恪以谓古今中外志士仁人，往往憔悴忧伤，继之以死。其所伤之事，所死之故，不止局于一时间一地域而已。盖别有超越时间地域之理性存焉。而此超越时间地域之理性，必非其同时间地域之众人所能共喻。"此论亦"博矣，精矣"。如本书所说他也同样为自己写下了最贴切的"墓志铭"。

曾昭奋先生在1995年9月的《读书》杂志上有一篇《第十二座雕像》，记述了安放在清华园各室内外公共场所中的第十二座雕像，这就是建筑学家梁思成先生的铜像。在文后曾先生附记了另外十一座雕像的"归属"，但没有陈寅恪先生。

这本当年曾风行一时的书从1995年第一次出版之后，后来一直没有再版，据说没有再版的原因是此书引起了诉讼，据说作者一直坚持己见不做修改。到了2014年，这本书的修订版才重新由三联书店出版。再读新版，当年的激动依旧，但却又有了新的感受。其实，陈寅恪在1949年10月之后，在广州中山大学的那些年里，一直到"文革"前，他的生活是得到了很好的照顾的，与同时代的知识分子相比，陈寅恪无疑是一个特殊的个案，这与中共领导人当时对他的态度分不开的，否则地方上的领导人士也不可能如此礼遇他。在那个年代里，这是他的幸运，也是一个例外。当然，这也是题外话了。

张元济：百卷书成岁月长

　　仁者乐山，智者乐水，高山和流水便构成了"仁智"的张元济。读完吴方质朴无华的《仁智的山水·张元济传》，让我感受到了高山和流水的力量和超凡的境界。如果说吴方的《世纪风铃——文化人素描》(人民文学出版社 1992 年第一版)一书勾画了近现代一批文化大家的逼真肖像，那么，他的这本《仁智的山水·张元济传》(上海文艺出版社 1994 年第一版)就是一尊精雕细凿的汉白玉塑像——这尊洁白的塑像矗立在商务印书馆这条历史文化河流的源头。

在世纪初的转折线上，与那些风云人物相比，张元济无疑只是置身社会舞台边缘的一角，但他并非躲进小楼成一统——独善其身，而是投身于现代文化的普及和传统文化的保护，一生惨淡经营努力不懈，"昌明教育平生缘，故向书林努力来。"他为自己造就了一个宏大的舞台。

戊戌变法失败后，1898年张元济在李鸿章的推荐下，来到上海交通大学的前身南洋公学，担任译书院院长，他开风气之先，组织翻译出版了亚当·斯密的《国富论》、巴尔扎克的《英国文明史》以及《日本近代史》、《欧洲全史》、《欧洲商业史》等。1902年，张元济进入商务印书馆，第二年接替蔡元培担任编译所所长，在他的任内，推出严复翻译的《原富》（即《国富论》）、孟德斯鸠的《论法》等等之外，还推出了林纾的"林译小说"145种，几乎包揽了林纾译著的全部。正是张元济建立的这种出版"译书"传统，后来成为商务印书馆一直延续的出版精神。

知堂老人曾说，寿则多辱。张元济所经历的九十余年，恰逢天翻地覆的时代，人生天地间，张元济既非庸碌无为，又非风云人物。但他的"存在"，只为耕耘，不问收获。张元济一生的努力，应了那句诗："人与百虫争旦暮，天留一老试艰难。"

张元济是一位跨时代的人，他是进士出身，曾经参与戊戌变法，与康有为先后得到光绪皇帝的召见。他也是唯一一个见过光绪、孙中山、袁世凯、蒋介石和毛泽东"中国五位第一号人物"的人……

张元济是幸运的，他找到了自己的位置，由末代王朝的进士、翰林，转成为现代意义上的出版家，虽有时代的洗礼，但仍与他的亦新亦旧的思想密不可分，他的思想尽管肯于接受新事物，但这些并不能割断其人生与历史传统的联系，正因了这种文化上的联系，他的理性和情感自然包括了他的生活现实，他并未产生新旧意识尖锐冲突和绝对的选择。他不是那种要么"传统"，要么"反传统"的人物，他钟情的是新旧文化的交融，是大众文化的提高。这种思想基础，造就了"平心静气"踏踏实实的商务印书馆，也在风云激荡的大时代里，让文明的碎片承载历史的沉重和变革的艰难。

如果没有吴方"并不轻松地叙述"，我对张元济依然是陌生，甚至是隔膜的。透过吴方描绘的张元济，让我看到了张元济为书的一生。一本本或厚或薄的书，积累了他漫长的岁月，也消耗了他的人生。这种为书的漫长生活，超越了我们眼中的"一生"，在历史文化的河流里沉淀着，铺展着文明的河道。诚如吴方所说，"百卷书成岁月长"可谓张元济坎坷的生命写照。

今天来看，张元济最大的成就，就是在出版上。俞晓群在他的《前辈：从张元济到陈原》(上海书店出版社2012年版)中曾如此评价张元济在出版史上的意义：张元济创造了许多出版领域的"天下第一"，1904年，开始推出我国第一部小学教科书《最新初小国文教科书》；同年，编写《最新修身教科书》及教法；1915年，他主持出版了我国第一部新型辞书《词源》，也是我国现代第一部规模最大的语文辞书……还有《东方杂志》、《小说月报》和《妇女杂志》等，《中国人名大辞典》、《中国古今地名大辞典》、《中国医学大辞典》等一大批工具书。另外，他还创建图书馆、电影厂、玩具厂、学校等，梅兰芳主演的京剧《天女散花》影片就是由商务的活动影片部拍摄的。

用俞晓群的话说，张元济又是一位充满矛盾的人：其一，就是在表面上对于政治的回避，比如，他在商务印书馆接待了孙中山，却并没有出版《孙文学说》。他支持梁启超出版"共学社丛书"，介绍了考茨基的《马克思经济学说》，他还出版了瞿秋白的《新俄国游记》(即《俄乡纪程》)。当年胡适为商务印书馆开列了一个"常识小丛书"书目，张元济在审阅时，将其中的《袁世凯》划掉，添加上《布尔什维克》或曰《过激主义》。其二，就是"名不入公门"的人生信条，这也是青年时代戊戌变法的惨痛经历影响了张元济的人生轨迹。在他九十一岁的时候，有一次顾廷龙、蔡尚思和方行去拜见卧病中的张元济，请他鉴定谭嗣同先生的一份手稿，张元济一边鉴定，一边用手在颈间比划，表示谭嗣同是被戮就义，忽然又气息难言，老泪纵横。可见当年的那一段经历是如此让他刻骨铭心终生难忘。

闻一多的两处故居

　　青岛的大学路是一条老街，因为当年国立青岛大学而得名。平时上下班，我坐公交或步行都要走过这条老街。老街的一侧就是海洋大学的老校园，也就是原来老山东大学的所在。偶尔，我会特意穿过老校园，经过那些老楼和大树，看看散立在草地上的几尊雕像，仿佛穿越了时空，仿佛看到了闻一多、王统照、沈从文等人迎面而来……在老校园的西北角，也就是大学路和红岛路的交汇处，有一栋德式风格的两层小楼，这就是"一多楼"。也就是当年闻一多在老山东大学教书时的故居。小楼前边的空地上，放置着一尊闻一多的花岗岩肖像雕塑，出自青岛雕塑家徐立忠之手。这栋小楼当然已经没有闻一多的任何踪迹，若不是空地上的闻一多雕像，可以说和闻一多已经没有丝毫关系。但是，传奇的力量是跨越时空的。站在他的雕像前，感觉闻一多近在咫尺，并没融入历史的河流中。

1930年夏天，闻一多应国立青岛大学校长杨振声先生之邀，赴青大担任文学院院长和国文系主任之职。来青岛后，闻一多在学校斜对门的大学路赁了一处房子，房子在楼下一层，光线昏暗，闻一多不甚满意，于是又迁至汇泉路离浴场不远的一栋小房。汇泉的房子是令人羡慕的，出家门就是海滩，涨潮时海水距门口不及二丈，夜间就能听见潮声一进一退的声音……闻一多在此住了不到一年，第二年暑假便将家眷送回湖北老家，告别了这所海边小屋。暑假返校后闻一多搬到了位于学校角落的这座小楼。楼上有一个套房，内外两间，由闻一多住，楼下的套房住着数学系教授黄际遇。梁实秋先生在《忆青大念一多》一文中形象地记述了闻一多的书房情景："我有时到他宿舍去看他，他的书房中参考图书不能用琳琅满目四字来形容，也不能说是獭祭鱼，因为那凌乱的情形使人有如入废墟之感。他屋里最好的一把椅子，是一把老树根雕成的太师椅，我去了之后，他要把这把椅子上的书搬开，我才能有一个位子。"闻一多在青岛期间，写过一首《奇迹》，被誉为闻一多告别诗坛的压卷之作，当然，也留下了《奇迹》题外的情感传说……用徐志摩的话说：闻一多三年不鸣，一鸣惊人，出了"奇迹"。

闻一多最后离开青岛是因为学潮。1931年，"九一八"事变爆发，东北沦陷，平津学生纷纷罢课结队南下赴南京请愿。青大学生也于当年10月成立了反日救国会，积极筹备南下请愿。青大校方力劝学生放弃请愿，校长杨振声也反复强调学生的爱国行为不要超出学校范围，但学生们照样按原计划登上了南下的列车。学生们去南京后，闻一多在校务会上主张开除带头的学生，梁实秋对此也表示赞同。虽然他们的建议最后未获通过，为首的学生只落了个"记过"的处分，但闻一多和梁实秋在学生中的印象一落千丈。

1932年春天，青岛大学出台了新的《青岛大学学则》，其中专门规定"学生全学程有三种不及格或必修学程二种不及格者令其退学"。学生们特别是参加南下请愿的对此极为不满，认为这是学校有意和他们作对，因而极力表示反对并成立了"非常学生自治会"，组织罢课抵制考试。校长杨振声一怒之下辞职去了北平，校务暂由教务长赵太侔和闻一多、梁实秋执掌。闻、梁二人坚持考试照常进行，并张榜开除了九名"非常学生自治会"的常委。此举更使闻一多和梁实秋成为众矢之的，学生们贴出了"驱逐不学无术的闻一多"、"闻一多是准法西斯蒂"的标语。更有甚者，学生们还在黑板上画了一只乌龟和一只兔子，标题是"闻一多与梁实秋"，旁边还配打油诗一首："闻一多，闻一多，你一个月拿四百多，一堂课五十分钟，禁得住你呵几呵？"原来闻一多上课时总是不自觉地发出"呵呵"的声音……闻一多见状指着黑板上的乌龟和兔子问梁实秋："哪一只是我？"梁实秋神态严肃地回答："任你选择。"言罢，二人相视苦笑。青大的学潮风波使得闻一多最终离开这里。1932年夏，闻一多应聘前往母校清华大学任教，黯然告别了青岛……

如果说青岛的闻一多故居是我时常走过路过的风景，还有一处闻一多故居则是留存在我记忆里的风景，2010年秋天，我曾有过一次云南红河之行，那一次旅行曾在蒙自呆了两天，而在蒙自主要的寻访就是当年的西南联大旧址，其中最吸引我的就是闻一多的"何妨一下楼"——

蒙自是个可爱的小城。文学院在城外南湖边，原海关旧址……园中林木幽深，植物品种繁多，都长得极茂盛而热烈，使我们这些北方孩子瞠目结舌。记得有一段路全为蔷薇花遮蔽，大学生坐在花丛里看书，花丛暂时隔开了战火……南湖的水颇丰满，柳岸河堤，可以一观……在抗战八年艰苦的日子里，蒙自数月如激流中一段平静温柔的流水，想起来，总觉得这小城亲切又充满诗意……当时生活虽较平静，人们未尝少忘战争，而且抗战必胜的信心是坚定的，那是全民族的信心。

上边这段话出自宗璞的《梦回蒙自》。在蒙自，西南联大的旧踪却是标志性的景观。最具有标志性的自然是闻一多的故居，和青岛老山大校园里的一多楼类似，也是在一栋小楼上的一间房间。不同的是，青岛一多楼现在成了办公用房，蒙自的"一多楼"是南湖边的一处风景名胜——哥胪士洋行。1938年西南联大文法学院暂迁蒙自，这幢二层小楼成了教工和学生宿舍，楼上是闻一多、陈岱孙、陈寅恪、郑天挺等十多位教授的宿舍，楼下是男生宿舍。二楼上闻一多的房间里一床一桌一椅，是原样摆设，桌上方墙上镜框里镶挂着闻一多的墨迹。与床相对的墙上挂着一幅闻一多的油画画像，出自闻先生的儿子闻立鹏的手笔。在一楼入口处门上，挂有横匾"闻一多故居"。挨门是"越华咖啡"，一家充满旧时光色彩的酒吧，酒吧老板说，来酒吧的多为年轻学生。

这栋小楼，因闻一多而有了许多轶事，譬如"何妨一下楼"之类——据说闻一多住在这里时，埋头做学问，除了上课、吃饭，几乎不下楼，同事们因此给他取名为

"何妨一下楼主人"。既然有男生宿舍，自然要想到当年的女生宿舍。若没有蒙自一位诗人朋友的引领，很难寻访到位于老城里的当年西南联大的女生宿舍。与哥胪士洋行小楼相比，老巷"早街"里的一处老宅"周氏旧宅"就显得黯然失色了——不过正在修缮中。此院落主人是当年滇越铁路的董事长，当年被西南联大征用，院中的一栋二层小楼上，是当年的女生宿舍。在这处"云南省文物保护单位"的院落里，虽然破败，但往昔的风韵尚能辨认。院中的两棵大榕树，茂盛的枝叶将二楼上的窗户掩映遮挡，空中垂满红褐色的须根，当年联大女生们将此楼称为"听风楼"。踏上二楼，看到正在修缮中的房间，不知道当年萧珊、杨苡们又是住在哪间房间里。从"早街"拐过来不远处的一条小巷里，几幢旧宅，墙上斑驳着岁月的痕迹，诗人介绍说，那是当年朱自清、冯友兰住家的地方。不由得想起记录在老西南联大人的文字里的故事，譬如教授们津津乐道于在朱自清家吃朱夫人拿手的排骨萝卜饭，譬如朱自清后来的回忆："我在蒙自住过五个月，我的家也在那里住过两个月。我现在常常想起这个地方，特别是在人事繁忙的时候。"

南湖边的蒙自海关旧址，是当年西南联大的教室。不大的庭院里一座宫殿式木平房。庭院一角墙上爬满红白两色的三角梅，屋后茂密着修竹。当年西南联大的故事定格在老屋墙上挂着的褪色的老照片里。钱穆晚年回忆时曾如此描写："学校附近有一湖，四周有行人道，又有一茶亭，升出湖中，师生皆环湖闲游。远望女学生一队队，孰为联大学生，孰为蒙自学生，衣装迥异，一望可辨。但不久环湖皆是联大学生，更不见蒙自学生。盖衣装尽成一色矣。联大女生自北平来，本皆穿袜，但过香港，乃尽露双腿。蒙自女生亦效之。短裙露腿，赤足纳双履中，风气之变，其速又如此……"从"早街"，到南湖边的哥胪士洋行，再到海关旧址的联大教室，一路走来，南湖的绿色就荡漾在眼前，也就理解了宗璞晚年回忆起这一切的心境："蒙自数月如激流中一段平静温柔的流水，想起来，总觉得这小城亲切又充满诗意。"尽管西南联大的文人们在蒙自只有一个学期，但他们的踪影依旧留在蒙自小城里。

巴金的雕像

在中国现代文学馆草地上有一尊巴金的雕像：一个微微驼背低首漫步沉思的小老头。离他不远，是早年沈从文的浅浮雕头像，远观朦胧不清，走近才能辨认。《边城》久已成绝唱，《寒夜》也已经远去，因文学馆正门前硕大的鲁迅头像的存在，他们的"身影"只能投射在楼后的院落里。但与同时代的文学友人相比，巴金的这尊铜锈斑驳的雕塑和看上去模糊的沈从文脸庞，也说明了一个事实，晚年的巴金清晰地凸现在大家的面前，成为代表现代新文学和当代文学"火种"传递的象征。

晚年巴金曾说，与他1930年代的文学朋友相比，有三位朋友的才气都在他之上，这就是沈从文、曹禺和萧乾。论起他们当年的作品，各人都有佳作成为现代文学的珍品，比如《从文自传》、《湘行散记》、《雷雨》、《日出》、《梦之谷》和《寒夜》等。但到了人生的晚年，无论在社会地位和影响力上，巴金无疑超越了他的这些同时代人。不过，在1980年代之后巴金之所以成为当代中国文学的一面旗帜并非凭借着他盛年时期的文学创作——他的长篇小说《家》、《春》、《秋》等无疑奠定了他在中国现代文学史上的地位——而是一个老人历尽时代和命运之后"讲真话"的自省和呼号。"讲真话，掏出自己的心。"这是巴金晚年的座右铭。难以想象，若仅仅凭借着《激流三部曲》、《爱情三部曲》等小说作品，没有晚年的《随想录》，巴金这个名字是否还能成为20世纪中国文学的一个象征。

巴金留给我们的文学遗产，分成两截，1949年前的小说作品和1979年后的"讲真话"。前者从文学艺术上说，最优秀的是《寒夜》和《憩园》，后者自然是《随想录》和《再思录》。作为一名作家，最后不是以文学创作影响读者，而是以非文学的"讲真话"（巴金说他的《随想录》并非文学写作）来竖立了一面文学良心的旗帜，这不能说不是时代和个人的悲剧。巴金所说的讲真话，用他自己的话说：说真话不应当是艰难的事情，他所谓的真话不是指真理，也不是指正确的话，而是自己想什么就讲什么；自己怎么想就怎么说。但就是这样的"说真话"也很不容易，不得不妥协为"努力不讲假话，尽量不讲假话"。

晚年巴金所做的两件事也为他的"讲真话"做了最好的注释，这就是呼吁建立中国现代文学馆和"文革"博物馆。他为前者尽其所能，现在，中国现代文学馆已成为北京的一处文化"地标"。遗憾的是，后者仍停留在许多人的梦想里。但巴金的《随想录》已为"文革"建筑了一座纸上的博物馆。

在现代文学馆里还有一幅高莽画的巴金，上边题写"一个小老头"。作为俄语文学翻译家和诗人的高莽，以中国传统水墨形式画了许多中外作家的肖像，我觉得他的这幅巴金画像是最精彩的。与那尊巴金雕像相比，显得人间生活气息浓厚一些，也描绘出巴金朴实平和的形象。

在中国现代文学馆的正门上，有一个清晰的印模，是一只老人的手——巴金老人小小的手。寓意用巴金的手，推开中国现代文学的殿堂之门。其实，也正是巴金老人的手，关上了 20 世纪中国现代文学的大门。

现代文学馆草地上的巴金雕像留给我的印象更多的是苍凉，那略弯的驼背像是负载了太多的磨难。这与上海巴金故居纪念馆里的巴金半身雕像有了太大的差异，当然，这种差异是说两尊不同的雕像留给我的印象，而并非仅仅指雕像创作上外在的差异：现代文学馆院里是巴金的全身雕像，巴金故居里放置着是一尊巴金的头像。

如果没去巴金故居是难以想象巴金在 1949 年之后在上海的生活环境的。在 1949 年后的中国文坛上，依照主流的观点，若排定"五四"之后新文学创作的名家座次，一般公认的顺序是鲁迅、郭沫若、茅盾、巴金、老舍和曹禺。一直到 1980 年代初，我读高中时在语文课堂上，语文老师在讲授新文学的经典篇章谈到作品和作家时，还是这样讲授的。

巴金在上海的故居也显示出其实在 1949 年之后，像巴金这样的著名作家的社会地位是非常高的，至于后来在历次政治运动中尤其是在"文革"中的遭难，那是一枚硬币的另一面。况且，并非每位著名作家在历次政治运动中都是受难者，其实，更多的还是积极参与到批判者的行列中，例如，在反胡风的运动中，巴金也上台做了批判胡风反动思想的批判者，不管他是否自愿。

在巴金故居里，最让我感慨的是巴金的细心。巴金当年看过的戏票、电影票、乘车的公交月票，拔掉的牙齿，等等，都细心地存放着，更不要说他的手稿和来往的书简了。巴金家的庭院、独立的楼房和楼房里的客厅、书房都显示出作为主人的他的社会地位和生活水平。生活在这样的庭院里的作家，在 1950 年代到 1980 年代之前，让他再去创作一部"家"是难以想象的，且不说一个接一个的政治运动。其实，从 1950 年代起，巴金就一直在努力跟上"时代"的步伐，从批判胡风、"反右"，到"四清"运动，等等，巴金并没有遭难。只有到了"文革"这样的大劫难，巴金才遭遇灭顶之灾。

在"文革"中巴金所遭受的打击最厉害的就是夫人萧珊的去世。在"文革"后巴金所写的"讲真话"的文章中，最打动人的就是他写的《怀念萧珊》。这可以说是巴金晚年《随想录》里最情真意长的表达，通篇流露着无言的悲愤和对亲人永恒的留恋。

北京现代文学馆庭院草地上的巴金雕像——那个驼背低首的小老头，和上海巴金故居里的那尊巴金头像，相互叠加成一张影像重叠的黑白照片，显得清晰而模糊，印在我的记忆里。犹如巴金的作品和人生留给我的印象。

傅雷家书之外

　　有些书对我来说是百读不厌的，譬如《傅雷家书》。傅雷先生的成就或说贡献主要是法国文学作品的翻译，这有洋洋大观的十五卷《傅雷译文集》可证。但他的这部家书却有着超越文学本身的意义。近些年来，傅雷先生的著述不断地再版，尤其是有几种是有纪念意义的，如三联书店珍藏版《世界美术名作二十讲》等，而各种版本的《傅雷家书》更是不断问世。尽管已有了各种版本的《傅雷家书》，但2014年新版的《傅雷家书全编》虽然价格不菲，我还是忍不住又买了一本，这样的好书是不嫌多的。

多年前中央电视台《读书时间》栏目制作的专题"再读《傅雷家书》"曾给我留下深刻印象。在当时的日记里，我曾记下这样的文字：

周末夜深，寂寞中盯着屏幕，聆听着傅聪、傅敏兄弟俩叙述着他们眼中的父亲，尤其是涌着泪珠的傅聪追忆起他从小就直觉他的父亲人生中有悲剧的性格，再加上《家书》片段的旁白，我被深深地打动了，一种悲凉的滋味瞬间袭满了身心。

看完这个专题节目，我仍沉浸在感动中，意犹未尽，丝毫没有睡意，起身打开书橱，拣出傅雷的书，摞在桌子上，大大小小，二十多本，真是每本书的买得都有一种情缘。现在再买《傅雷家书》，心情已和过去相去甚远了。挑出三联书店第一版的家书，摩挲着浅色简洁的封面，书页已充满时间的痕迹，在手里掂掂，心底忽的揪了一下，浑身打了一个激灵，像有一根粗糙的绳子，吊着一只颜色斑驳围着锈迹弥漫的铁箍的木桶，颤抖地放进了幽深孤寂的井里，被撞碎的水波荡起悠长的回音。一部《傅雷家书》，伴随我走过青年时代，如一盏映照前程的神灯，点亮我的生活……

是啊，每次摩挲着新买的《傅雷家书》，我总是感慨万端，因为在自己年轻时，将近十多年里，《傅雷家书》始终摆在我的手边，生活的困惑和波折，恋爱的烦恼和失望，工作的挫折和磨难……每当内心情绪波澜难平时，打开这本家书，一字字读下去，如一道汩汩流淌的清泉，渐渐滋润了我干枯的心田，让我的心灵摆脱浮躁和失衡；有时默念上几段，失衡的情绪就会平静下来，紧张的精神变得松弛开来。在"成长"的岁月里，读《傅雷家书》，就像和一位精神上的导师在做心灵的交流，让我在沉思中琢磨着做人的道理，人生的理解，爱情的内涵，婚姻的意义，以及文化修养和处世艺术等等。

青年时代的脚步来也匆匆去也匆匆，一晃眼早已步入了中年的门槛，日子在琐碎的一地鸡毛中平淡地打发着，久已不读《傅雷家书》了，烦恼和失望是青年时代的奢侈品，告别青春，才真切地理解了老黑格尔的那句被嚼烂了的老话：存在即合理。也才理解了在家书中对儿子语重心长的傅雷先生。

现在，看到读中学的女儿沉醉在阅读萧红、张爱玲、三毛这些作家的作品里，我不知道她是否还能喜欢《傅雷家书》，尽管每一代人有每一代人的阅读，但是，作为父亲，我还是希望在不久的将来，她能沉下心来，读一读《傅雷家书》，也许里面的许多内容和文句对她来说是隔膜甚至无法理解的，但我相信，《傅雷家书》里所弥漫的对中国传统文化和西方优秀文化的理解和感悟是会给她留下印象并进而影响她的心智成长的。

当然，关于傅雷的这部家书，我们所看到的仅仅是傅雷教育儿子的一面，从家书里也看到傅雷传统家庭生活的一面，其实超越这部家书之外，傅雷的性格和人生是复杂的，这也是我在喜爱《傅雷家书》之后对傅雷有了更进一步的阅读之后的了解。譬如关于傅雷的情感生活就有家书里看不到的另一面。关于傅雷的情事有一种说法出自刘海粟：即1927年，十九岁的傅雷由上海去法国，次年考入巴黎大学。两年后刘海粟和妻子张韵士来到巴黎，傅雷每天都去帮他们补习法语，由于有共同的的对艺术的爱好，他们很快成为了好友。傅雷当时喜欢上了一位同样也钟情艺术的法国姑娘，本来傅雷出国前已与远房表妹朱梅馥订婚，但爱上了这位法国姑娘之后，傅雷写信给母亲，提出婚姻应该自主，要求与朱梅馥退婚。信写好后傅雷给刘海粟看了一下，请他帮忙寄回国。刘海粟悄悄将此信压了下来，并没有邮寄。几个月后，因为性格上的差异，傅雷和法国姑娘分手了，傅雷为自己曾写信回国要求退婚之举懊悔不已，甚至想一死了之。这时刘海粟告诉了傅雷他那封信其实并没邮寄……后来傅雷与朱梅馥于1932年1月结婚，并有了一个幸福的小家庭。

但傅雷的情感并非只有这一个插曲，在网上"傅雷贴吧"里很容易可以看到一些关于傅雷的八卦轶事：1939年，傅雷爱上了上海美专一位学生的妹妹"陈家鎏"，一位堪称绝色的女高音歌唱家。她若不在傅雷身边，傅雷连翻译都失去了动力。这时，往往是朱梅馥打电话给陈家鎏："你快来吧，你来了，他才能写下去。"陈家鎏来了，坐在他身旁，他果真安心地写下去了。傅雷甚至还有过放弃妻子的念头，但是陈家鎏无法面对朱梅馥那纯净得无一丝杂质的目光，她被这个无辜的、手无寸铁的灵魂震慑，于是远走香港……

关于傅雷的这则情感轶事，宋以朗在《宋家客厅：从钱钟书到张爱玲》(花城出版社 2015 年初版）一书做了介绍："成家和的妹妹成家榴是傅雷的红颜知己。"而成家和是上海美专的学生，也是刘海粟的第三任妻子，后来嫁给萧乃震，诞下萧芳芳。萧芳芳后来成为香港的影视明星。当然，这是题外话。傅雷的次子傅敏对父亲的这段情事并不掩饰，反而披露父亲的这位女友是成家榴，曾是非常好的女高音，傅家与成家有通家之好，尤其是傅敏后来还与成女士有来往。成家榴曾对傅敏说："你父亲很爱我的，但你母亲人太好了，到最后我不得不离开。"傅敏说：只要成家榴不在身边，父亲就几乎没法工作。每到这时，母亲就打电话给她说，你快来吧，老傅不行了。没有你他没法工作。时间一长，母亲的善良伟大和宽宏大量感动了成家榴，她后来主动离开父亲，去了香港成了家，也有了孩子。傅雷的长子傅聪对此事是如此评价："成家榴确实是一个非常美丽迷人的女子，和我父亲一样，有火一般的热情，两个人在一起热到爱到死去活来……虽然如此，但是或者因为他们太相似，所以命运又将他们分开。"

《傅雷家书》里有一封朱梅馥在 1961 年写给傅聪的信："我对你父亲的性格脾气委曲求全，逆来顺受，都是有原则的，因为我太了解他，他一贯的秉性乖戾，嫉恶如仇……为人正直不苟，对事业忠心耿耿，我爱他，我原谅他，为了家庭幸福，儿女的幸福，以及他孜孜不倦的事业的成就，放弃小我，顾全大局。"从这些话里，可以读出为什么成家榴说朱梅馥"太好了"！也就理解到了"文革"的灾难日子，朱梅馥能决绝地跟着傅雷一起从容"告别"这个荒谬的世界。

张爱玲：那袭"华美"袍下的虱子

张爱玲步入中年之后，只要收入足以维持简单生活，就尽量多留出时间从事创作。到了晚年，更是过着形同避世的遁居生活。她一生几乎都靠卖文为生，几乎没有富裕过，晚年更没有固定收入，也没有退休金之类，这些窘况在她与晚年不多的有通信来往的友人之一庄信正的通信中时有流露，甚至也让庄信正感到惊讶，例如有一次她在信中提到，为了避税，她把上一年度自己买书的钱都计算进去，这样的细心，让已经习惯照章纳税的庄信正惊讶不已。尤其是，张爱玲每年都不惜花费很多时间亲自填报所得税。这也说明，张爱玲的晚年，始终不能在经济上从容不迫。

但晚年的张爱玲在生活上最不如意的，还不是经济，而是与跳蚤的战争，公寓里出现的跳蚤让她不胜其烦，因为生活不能安定，张爱玲习惯了简单的公寓生活，没有过多的家具，为搬家方便，随身只是几个箱包。这样往往要在地板上放置床垫权当床铺，而地毯上往往是滋生跳蚤的最佳温床。这就给张爱玲带来身心的疲惫和创伤：张爱玲从小就惧怕与人来往时"咬啮性的小烦恼"，老年离群索居却真的又有虱子来纠缠着咬啮着她……其实，这样的"咬啮"更是在精神层面上折磨着她，用庄信正的话说，会不会是疑心生暗虫？例如张爱玲在1986年写给庄信正的信里说："大概是我这天天搬家史无前例，最善适应的昆虫接受挑战，每次快消灭了就缩小一次，终于小得几乎看不见，接近细菌。"

张爱玲在"张迷"眼里，已经是文学经典的偶像了。《传奇》和《流言》，这两个题目，同样适用于她自己的人生。晚年的她为生活的清净还要躲避着"张迷"的骚扰，还要躲避着记者对她生活的采访，甚至有记者从她扔掉的垃圾里寻找着关于她的爆料……她的人生其实并不圆满，甚至可以说一生在身心上都是漂泊无依。她中年以后的生活，更多是尴尬和无奈。

出身于清末官宦世家的张爱玲，从少年时期就开始全程接受西方式教育，一句"成名要趁早啊"，更是她自己的青春写照。对于成名于抗战沦陷时期的上海滩的才女来说，从 1950 年后离开上海，先是香港，继之美国，一直漂泊无靠，1956 年才定居美国，直到 1995 年去世，在美国生活了将近四十年。但这四十年，真正稳定无忧的生活没有几年。

1956 年 3 月，张爱玲与美国左翼作家赖雅相识，7 月 14 日结婚。当时赖雅将满六十五岁，张爱玲不到三十六岁。赖雅的文学作品不多，只发表过两三部小说和几个剧本，但生前一度颇为活跃，与很多西方著名作家结交往来，例如英国的康拉德、爱尔兰的乔伊斯和德国的戏剧家布莱希特等人，尤其是对布莱希特在美国的闻名还有"发现"之功。与赖雅左翼作家的立场相比，张爱玲一生自然与"左翼"南辕北辙，庄信正对他们的结合，归结为"这对夫妇一左一右，突出地显示了文学的不可抗拒的吸引力"。对此说法，我总觉得是出自庄先生的厚道，其实未必仅仅是"文学的不可抗拒的吸引力"，恐怕也有着漂泊无依的张爱玲在能否移民美国留在美国的现实考量吧。赖雅1967年10月8日去世，享年七十六岁。其后，张爱玲一直孤身生活。

晚年的张爱玲在常人眼里是很孤僻的，她怕与人来往，也怕接电话，也往往怕收到亲友的来信——因为若收到来信，就要写回信，而她写信费时费神，用她自己的话说：她写信奇慢，一封信要写好几天。1989年12月她在写给庄信正的信里说，她接到亲友的信甚至不会拆封。她自己也不止一次告诉庄信正为了专心写作——后来变成忙于应付"虫患"和照顾自己的健康——而往往不立即拆封看亲友的信，甚至当年与她感情最好的姑母的信，她也不是立即拆封。例如在1988年4月她写给庄信正的信里说，她"直到今年找房子住定下来"才拆看庄信正这几年的来信。

对这些情况，庄信正当年已经知道，所以除非有事或者太久没有张爱玲的音讯而挂虑，庄信正尽量避免打扰张爱玲，以免让她感到回信的压力。再就是，两位通信者当年也缺少共同的话题，庄信正那些年在本职之外，正在恶补文学经典作品，而张爱玲在文学写作和研究之外的阅读更多是为了打发寂寞时光，她忙里偷闲所读的大多是当时流行的书，包括名人传记和侦探小说。如1982年庄信正把一篇自己的近作寄给张爱玲请教，张爱玲在回信中说，前些时收到庄信正讲鲁迅和陀思妥耶夫斯基的文章，因为她没看过陀氏的书，看着不免迷糊，所以还没看……另外，还有一个原因是出于庄信正自身的矜持心理，觉得不便在通信中多问关于张爱玲著作的事或别的文学问题，正因此，张爱玲的来信内容，也大多涉及私事和日常生活，到了晚年，几乎每一封信都在谈"虫患"、健康或为逃离"虫患"而屡屡搬家的困扰，一度甚至"天天搬家"，即便如此，仍无法逃脱"虫患"的折磨。

正因此，晚年的张爱玲在她的这些关于日常生活的书简里，呈现了一个真实的孤独的老人的生活场景。这种离群索居的生活，并非桃花源中的隐士生活，相反，却充满了俗世甚至更琐碎的物质生活的折磨，就像她在十九岁时所写的那篇《天才梦》里结尾的名句："生命是一袭华美的袍，爬满了虱子。"

张爱玲的晚年虽然孤独，其实并不贫穷。这从她身后留下的财产可知。从宋以朗的《宋家客厅》一书的介绍里可知，张爱玲生前写好的遗嘱只有两个内容：第一，她去世后，她将她拥有的所有一切都留给宋琪夫妇；第二，遗体立时焚化——不要举行殡仪馆仪式——骨灰撒在荒芜的地方——如在陆上就在广阔范围内分撒；第三，委任林式同先生为这份遗嘱的委托人。

张爱玲的这份遗嘱里提到的人除了宋琪夫妇外，就是林式同。作为张爱玲生前信任的寥寥无几的好友之一，宋琪夫妇在中年之后的张爱玲的生活中尤其是张爱玲的文学生活中扮演着重要的角色，这也是为什么在宋琪夫妇去世之后，张爱玲的另一份文学遗产《小团圆》能够经宋琪夫妇哲嗣宋以朗之手出版面世。而林式同是谁？
林式同是庄信正在美国大学时期的同学。从《张爱玲庄信正通信集》里也能看到，庄信正离开洛杉矶去纽约之后，就介绍林式同帮忙照顾同住洛杉矶的张爱玲。林式同是学土木工程的，是文学圈外人，未必知道张爱玲是谁，也没有看过她的文章，只是受朋友所托来照顾张爱玲——譬如张爱玲要找新的居住地方，就会找林式同提供帮助。这样说来，也就容易理解张爱玲何以让林式同当了自己的遗嘱执行人。

　　张爱玲去世后，林式同料理完丧事，去银行把张爱玲的存款取出，张爱玲在美国有六个账户，花旗银行、美国银行等，林式同总共找到28107.71美金。林式同把张爱玲的28000多美金全数汇给了宋琪夫妇，并列出消费清单，包括黑箱车、冷藏、火葬、租船等花费以及找遗产承办法庭所用的律师费等等，并告知上述费用估计是1687.03美金。宋琪夫妇随后就把这笔费用汇还给他。也就是说，张爱玲身后有28000多元美金的存款，在当时美元兑港币汇款是1:7.75左右，所以张爱玲身后共有

20 多万港币，这在当时不算多也不算少。

宋以朗说，他手上有些张爱玲与他父母的通信，里面有提及财务报告，他父亲在香港帮助张爱玲买了一些外币或定期存款。他母亲在香港也以自己的名义开了多个银行账户，其中一些是帮张爱玲管理的存款……

也就是说，在宋以朗看来，张爱玲的晚年生活显然并非穷困潦倒，她的孤独与凄凉也绝非穷苦造成，更多是她自己的性格使然，或说是她选择的生活态度和方式造成的。

齐白石的篆刻知音

恕我孤陋寡闻，如果不是这部装帧别致的《风流石
癖——陆质雅传》和装在一个套盒里的彩印《北堂长物：
陆质雅旧藏齐白石印全编》(上海人民出版社 2013 年 8 月
初版)，我还真不知道齐白石的印章居然还有这么丰富的
藏家。陆质雅，一个完全陌生的名字，从数量上看，却
曾是海内外收藏齐白石印章的第一人。

在陆质雅收藏的齐白石印章被"挖掘"以前，齐白
石印章存世数量最多的地方有两处：其一是上海老画家
朱屺瞻个人的收藏，共有七十余方——根据朱屺瞻的说

法，他与齐白石交游三十多年，齐白石前后为他刻印 73 方（《朱屺瞻》，章涪陵著，山东画报出版社 2001 年版）。后来朱屺瞻老先生捐赠给了上海博物馆；其二是齐白石去世后，齐家后人捐赠给了北京画院三百多方齐白石印章。这也是之前我们所知道的齐白石印章存世的主要收藏者。现在，从陆质雅的传记里可以知道，齐白石印章最多的收藏者是陆质雅，当然，应该说收藏最多的曾经是陆质雅。因为也是从这本书中得知，现在这些陆质雅的旧藏，基本上都转到了另一位收藏者的手里。也就是说，齐白石的印章，收藏最多的藏家，譬如这五百多方齐白石印章的藏家仍是个人，并非公家单位。这确实有点出乎意料。

因为 1949 年之后，齐白石与黄宾虹，逐渐成为一个世纪中国书画的代表性人物，他们都去世于 1950 年代，他们的作品在他们身后，除了他们生前已经流出去不在手边的之外，基本上都由家人捐赠给了国家（公家单位，例如北京画院、浙江省博物馆等），很少有一个藏家手里拥有他们的很多作品数量的，像朱屺瞻，手里有七十余方齐白石印章，就实属罕见了，最后也是捐献给了公家单位。

因此像陆质雅收藏了如此多的齐白石印章，而且这批印章一直完好无损地收藏到"文革"结束，到了1980年代开始由陆质雅的后人逐渐卖出，并由一位年轻人经过30年的"长跑"又一点点收藏入手，这本身就是一个传奇。

在齐白石一生的篆刻创作中，被齐白石称为"海客知己"、"知己第一人"的陆质雅（1884—1964），用今天的话来说，就是当年上海滩的一个房地产商人，喜欢玩收藏，其收藏的最大特点，就是印章。而在他收藏的印章中，又以齐白石印章为最。不过陆质雅并非平地拔起的暴发户或土财主，而是传统读书官宦人家。陆质雅祖籍江苏丹徒（今天的镇江），后迁居西安。陆质雅十七岁时就考取了陕西的解元，也因父辈祖荫，到了清末时供职于上海道管辖下交涉司，职责范围主要与外国人申办土地用途和房产交易相关，后来他从事房地产行业应该说与这种职业的历练是有关系的。民国成立后，陆质雅很快就成为上海滩上的房地产商人。

　　1922年10月，已经在上海滩房地产界打拼十年的陆质雅，刚满三十八岁，正是春风得意，带新娶的如夫人去北京。在友人家里邂逅了齐白石（正是这位友人在二十一年前请同乡齐白石为陆质雅篆刻了一枚仿汉印"留得春光过四时"）。此时的齐白石在北京还没有大名气，卖画的生意并不好，主要靠替人刻印为生。（春天里陈师曾携中国画家作品到日本参加中日画家的联合画展，特意带了齐白石的作品，齐白石的画引起了日本人的注意，墙内开花墙外香，齐白石的画才逐渐开始有了买家。）陆质雅到琉璃厂挑选了一块硕大的青田螭钮章料，请齐白石篆刻治印。很快，齐白石刻好了这方印章：长安陆氏砚海堂三代所藏金石文字记。这自然是陆质雅自己起的文字稿，齐白石刻边款：质雅先生出此巨石命刊十六字正之，壬戌十月，白石作于京华。这枚"巨石"章应是陆质雅真正第一次请齐白石治印，自此以后，陆质雅成为齐白石的"海客知己"……

　　陆质雅作为房地产商人，醉心收藏肇始于1920年代初，也就是他与齐白石订交的这一时期。这时的陆质雅，已经成为上海滩的成功商人，具备了用于收藏的资金。也许因兴趣使然，也与祖父辈的收藏有关，陆质雅收藏最多的还是篆刻印章，他收藏的高峰期是1930年代中期，积累的数量光是"佳石"就有三千方。不过，在他收藏的篆刻印章中，并非只有齐白石的作品，在1930年代中期之前，齐白石的印章在陆质雅的篆刻收藏里还只是小数，他收藏的别的篆刻名家的作品也很多，如吴昌硕、王福厂、陈巨来等人的作品。他曾请齐白石为他刻"百家石印吾有八九"（1933年10月），说明当时的篆刻名家的作品十之八九他都已经有收藏了。例如1934年10月，齐白石为他刻印"池中雨"，其边跋曰：北堂集缶翁印甚丰，质雅先生示余拾九枚有一印篆"池中点点雨"，今余检三字，刊之甚自得，望正，甲戌十月，白石记。从齐白石的边款可以看出，当时陆质雅收藏的吴昌硕的印章就有19枚。至1930年代中期后，陆质雅的印章收藏开始专注于齐白石的篆刻，甚至到了"穷追猛索"的程度。用美术史家郎绍君的话说，陆质雅所收藏的齐白石印章，正是齐白石篆刻艺术的成熟期与高峰期，具有很高的艺术价值。

陆质雅最早得到齐白石的篆刻作品是1901年，是其好友请齐白石刻了那方仿汉印"留得春光过四时"当做礼物送给了他，当时的陆质雅还不满十八岁，也不可能"看出"齐白石篆刻艺术的珍贵，况且当时的齐白石还只是一位身居湖南湘潭的民间艺人，据说，齐白石当年给人家刻印，人家很不屑，甚至觉得他刻的印章是糟蹋了石料，再把他的刻字磨掉重新请人刻的。而到了1922年陆质雅与齐白石在北京相见时，陆质雅已是成功的商人，而齐白石的画在这一年也因陈师曾带到了日本东京卖得了很高的价钱，从此在北京定居下来并逐步有了画名。

实话说，陆质雅对齐白石篆刻的艺术态度，是随着外界对齐白石的评价也就是齐白石的名气逐渐上升的，他请齐白石刻章也是逐年增加，例如1931年是13方，1932年是19方，1933年是49方，1934年陆质雅五十岁之年，他索刻齐白石带年款的印章多达88方，如果再加上没有年款的印章，这一年请齐白石刻的章应接近或超过百方之多。《陆质雅传》里如此写道：陆质雅求刻印章，一般是提前给齐白石汇过去一笔巨款，然后再提出自己的篆刻命题请齐白石治印。常常是陆质雅把印章的石材也提前送去。《齐白石双谱》中记载：1934年，齐白石"陆续又购得三百方印石"。这一年也正是陆质雅知天命之年，请齐白石给他刻了上百方印章。

后来，随着齐白石的年龄越来越大，齐白石的名气更是越来越大，求画求印的客人更是络绎不绝，齐白石自称"印债累累也"，已经很难满足某一位客人如陆质雅这样大的需求了，如"清风徐来"印，齐白石刻边款："雅兄索刊四印有数月矣，今三颗先寄去正之，璜。"1943年以后，齐白石已经八十多岁了，给陆质雅一年也就刻印一二方了。

在《陆质雅传》里有一个细节让我非常感慨：1946年10月，应张道藩之邀，八十二岁的齐白石在家人陪伴下乘飞机抵南京，在南京举办了齐白石作品展。在南京期间，蒋介石接见了他，于右任设宴款待了他，张道藩更是跪拜齐白石为师。11月初，齐白石又去上海，与溥儒联袂举办了画展，200件作品销售一空。齐白石前往上海前就告知了接待方，他在上海期间最想会见的有三个人：梅兰芳、符铁年和朱屺瞻。这三位齐白石最想见的人，梅兰芳就不用多说了，他与齐白石的缘分是1925年曾从老人学画；符铁年是齐白石的同乡老友；朱屺瞻与齐白石已神交近二十年。当此三人往见时，齐白石连呼："想煞我也！想煞我也！"陆质雅得知齐白石已经来到上海，便赶到了齐白石下榻的住所，齐白石那里已经是高朋满座，等了半天才匆匆见了一面，才说了几句话就不得不匆匆告别。不过齐白石还是给他带来了两方印章："生不事人主"和"清极不知寒"。这两方印章的边跋也很简单，"再无往日的亲热劲了"。到了年底，齐白石便离开上海返回北京。这也是陆质雅和齐白石的最后一次会面。转过年来，也就是1947年，齐白石将承诺的最后一方印"梅花手段造化神功"寄给了陆质雅。至此，陆质雅和齐白石的"印缘"也就结束了。

《陆质雅传》里对此有如此总结：其一，自1946年以后，齐白石和陆质雅两人之间所处的社会地位发生了悬殊的变化。齐白石已是妇孺皆知的艺术大师，受到了社会和政府的高度认可，而陆质雅此时已经是退休的上海寓公了。其二，按照当时齐白石的润金刻印，价格已相当高，但这并非阻碍陆质雅和齐白石继续交往的理由，虽然陆质雅已经不是当年挥金如土的地产商，但满足齐白石治印的润金还是没问题的，但此时的齐白石已经是八十多岁的老人，与各界名流交往频繁，求画索印者甚多，老人已经很难再满足陆质雅以前的那种对其金石篆刻的订件了。在《陆质雅传》作者看来，此时的陆质雅对民国政府和社会现状都非常不满，而此时齐白石的身边，围绕着的尽是达官贵人，"大多数是陆质雅所鄙视的人"，所以陆质雅也就远离了齐白石。

作为故宫博物院齐白石艺术研究者的罗随祖如此看待陆质雅和齐白石的关系："介于挚友与客户。"但从齐白石到上海最想见的三个人中并没有陆质雅来看，我觉得陆质雅和齐白石的关系还是应倒过来"介于客户和朋友"之间。尤其是齐白石对待朱屺瞻的态度可以看出，与朱屺瞻的关系就显然超越了客户关系，成为艺术上真正的知己。罗随祖是近代国学大家罗振玉之孙，其父亲罗福颐也是金石篆刻名家，他对齐白石的评价可以说有着更多的人情练达："白石先生以乡间木工出生，自幼学艺，经历了漫长的学艺之路。在他成名的画、印面貌之下，有着艰苦的跋涉、临仿、学习以及痛苦的蜕变；有着那个时代深层复杂的社会关系，以及他非常巧妙、不露痕迹的自我经营。"这段话道出了齐白石何以成为"齐白石"的缘由。了解了这一点，也就不难理解齐白石与人的交往，同样，也就理解了陆质雅在齐白石的交往圈中的身份性质。

正如罗随祖所说，陆质雅所藏齐白石的篆刻，是齐白石鼎盛时期的最佳作品，而且其内容在所有白石篆刻中独树一帜，呈现独立完整的面貌。陆质雅对于推动齐白石篆刻艺术面貌的形成有着重要的作用。齐白石为陆质雅所刻的印章、镇尺，以诗句闲文为其全体，根据这些印章的边款内容来看，其中的历代诗句很多是陆质雅所钟爱的，而齐白石围绕这些文句，刻辞、刻画，于印石之上篆刻多不止于一面，常有四面至六面的创作；

甚至一面之中诗画参半，朱白相间。如此的煞费苦心的作品，在齐白石其他的篆刻作品中是非常罕见的。

《陆质雅传》还附印了一本别册《北堂长物：陆质雅旧藏齐白石印全谱》，收入了陆质雅当年收藏的齐白石印章印谱，在此别册之后，又附录一"别册"，其实是孙炜撰写的"《北堂长物》收藏记"。如果说《陆质雅传》记录了陆质雅从1922年到1947年间购买收藏齐白石印章的印缘故事，那这篇长文则是当代年轻的收藏家从1981年到2010年这三十年间如何从陆质雅的后人手中逐渐一点点购入的新的印缘故事。

用孙炜的话说，在他再三请求下，陆质雅藏齐白石印的现在的收藏者王文甫终于开口讲话了。作者想知道的是：昔日陆质雅旧藏的这批弥足珍贵的齐白石篆刻作品是怎样流入社会的？又是怎样成为王文甫的收藏？其实这也是阅读此书时我最想知道的。

1981年，当时年满十八岁的王文甫高中毕业后因受家庭影响也开始涉足书画交易（王文甫的祖父和父亲都是海上有名的书画家，亲戚朋友中更有人做着书画生意），那一年他最初看见的陆质雅的北堂收藏齐白石印章是一枚小小的方章，很普通的青田石材，印面是白文四个字"我之大缘"，他当时"产生了强烈的非我莫属的收藏欲望"。王文甫回忆当时的情形时说，他当时对文字内容还没有什么感觉，最关键的是，他看见了"冲刀所刻的刀痕，一刀刀下去，石破天惊……"，再看边款，是齐白石的作品。齐白石的名字，他从小就知道，现在能够收藏一方齐白石的印章，不是人人都有这样的机会的。这也是他收藏齐白石印章的开始。从这一方印章开始，他用了三十年的时间，一批一批地收藏，终于摸清楚北堂收藏齐白石印章的基本面貌，用孙炜的话说："不曾想，陆质雅北堂旧藏的齐白石印章，误打误撞，就这样成就了王文甫今生最得意的收藏"。

王文甫说他收藏到这些齐白石印章最感谢的就是陆质雅先生的后人，也就是卖印章给他的这位——被他称为"余师"。"余师"是陆质雅的第三代，从1981年王文甫和年长他几岁的"余师"相识，后来他们先后出国，各自打拼，但他们一直保持着联系，1991年后，他们又聚集到了上海。"余师"手边没有钱了，就会卖掉家里的东西，"家里有一批印章，你看看谁要买吗？"王文甫就说："你卖给我吧。"

王文甫说："不要以为余师不懂收藏，其实在当初，他对篆刻的了解比我多得多了，他是我的老师。什么刀法啊，什么石材啊，都是他教给我的。我们之间的交易，也是要按市场行情出价的。每次他卖给我一批家藏的齐白石印章后，再去买一批的时候，基本上他要涨价的。还有，他告诉我一些印章的石材是田黄、田黑，可后来我也懂了，根本不是田黄，可我从来不埋怨他，因为收藏总是要靠自己的眼力说话的。对于余师的生活，我总感到他走的道路很不顺。我也很同情。想帮他，却没办法。作为他的朋友，我大概也只能做到，你需要钱的时候，我就提供给你，但是，你必须把东西给我，价格，可以由你来定。"这一段话，我觉得是王文甫收藏北堂旧藏齐白石印章故事的最好的注释。

自然，跨越三十年的收藏故事肯定是有着种种复杂的况味的。王文甫对此也是很坦率的："其实余师也是真心喜欢他家的北堂旧藏，不是因为缺钱，我想他不会舍得卖掉这么多。我花了三十年的时间，总是买不光他家的旧藏，而且，他多次告诉我，东西卖给你得差不多了，家里没有多少剩货了，可是等到他一缺钱的时候就又会来找我……直到2010年，我看了他家最后的那些东西，我知道，北堂的旧藏终可画上句号了。"

王文甫和"余师"最后一次交易是在2010年，当时王文甫见到了17方北堂旧藏的齐白石印章，"余师"打印出的账单为1152万元人民币，最后王文甫选了其中的几方特别的印章，所费也得是几百万，还有几方印章仍留在"余师"手中。"在当时，齐白石印章的价格也从来没有出现过上千万的行情，至今也没有，为什么他敢于下重手？就是因为这17方齐白石印章是余师压箱底的，在王文甫看来，它们代表了齐白石篆刻艺术的最高水平，是国内外所有公私收藏机构中没有出现过的齐白石扛鼎之作。"这几方印章，都是齐白石篆刻的绝品，例如体积硕大的多面朱文满工印以及"只因误识林和靖，惹得诗人说到今"等题诗、刻画印。用王文甫自己的话说："我和北堂的收藏缘分，至此达到了巅峰。"至此，北堂陆质雅旧藏的齐白石印章，也基本上离开了陆质雅的后人家。

王文甫说：他的一生中，干过许多事，然而最让他感到骄傲的，就是他花了三十年时间收藏的这批齐白石印章。他把其中一些铭心绝品视为他生命一样宝贵。他将珍藏至自己没有能力呵护它们为止。

玩物成家王世襄

　　关于王世襄先生，车前子的这段话让我感触很深：
《锦灰堆》这异样的三卷，在 20 世纪末出版，本身就是
一种隐喻。21 世纪可能还会出现个钱钟书，王世襄是出
不了了。在我读到的有关王世襄的文字中，车前子一语
中的道出了王老先生在我们这个时代存在的意义。21 世
纪能不能再出一个钱钟书，这话不好说，但"王世襄是
出不了了"却是一句事实。别的不说，单是王世襄生活
了八十多年的北京芳嘉园胡同里的那个院落，也终将消
亡在房地产开发的机器轰鸣声中。"老北京"渐渐成了

颜色泛黄的老照片，这也意味着永远地毁掉了曾生长出"王世襄"的那片土壤，潘家园琳琅满目的"文物"恐怕永远也造就不出另一个"王世襄"来。王世襄其人其书，就像北京城里"侥幸"仍完善残存着的老四合院（当然不是王老先生曾住过的四合院——一座属于私人的自家院落，因"文革"而变成了一个多家混居的大杂院），成为古城北京历史文化的缩影。

王世襄的学问可谓皆从"玩"中得来，人说玩物丧志，他却因"玩"而成一代学问大家，恰如杨宪益题赠给他的诗句："玩物成家古所无"。自年轻时代起，王世襄就沉醉在放大鹰，喂獾狗，养蛐蛐，捉蝈蝈，玩鸽子，等等。即使在燕京大学读书时，仍乐此不疲，常常半夜三更，和朋友到郊外獾狗。但王世襄又不同于一般玩家，他在"玩"中养成了琢磨的习惯，这种习惯使他无意有意间步入了积累学识的大门。否则，若仅仅是一味沉浸于养虫玩鹰獾狗中，即便成了大玩家，也未必最终会从玩中玩出了醇厚的民俗。

"只要稍稍透露一丝秋意——野草抽出将要结子的穗

子，庭树飘下尚未金黄的落叶，都会使人想起一别经年的蛐蛐来。瞿瞿一叫，秋天已到，更使我若有所失，不可终日，除非看见它，无法按捺下激动的心情。有一根无形的线，一头系在蛐蛐翅膀上，一头拴在我心上，那边叫一声，我这里跳一跳。"

这是王世襄在《秋虫篇》里回忆捉蛐蛐的情景，读来让人心疼。正是在这些捉虫养虫斗虫的忆往中，王世襄为消逝了的老北京的风俗人情留下了一首"绝唱"。

在王世襄的一生中，抗日战争胜利后为故宫博物院追寻国宝的经历占有重要的一页，他追寻回来的文物，不少堪称国宝，有艺术价值极高的战国铜壶，有为故宫所缺的清官窑瓷器……他还奔赴日本，领取并运回日本侵占香港后劫往日本的一百多箱善本书。但也正是在故宫，他承受过人格被玷污的屈辱。做为一个热爱文物的性情中人，王世襄的事业、情感与梦想，都与故宫紧密相连。但尴尬与屈辱在1952年突然降临：在"三反"（反贪污、反盗窃、反浪费）运动中，王世襄因当年追还大量国宝的特殊经历，成了故宫的重点审查对象，并被囚禁了十个月。审查结果，没有贪污盗窃问题，释放回家，但同时得到通知，被开除公职，自谋出路。王世襄失去了视为第二生命的文物工作，离开了曾以终身相许的故宫博物院。这种冤屈使王世襄刻骨铭心，直到晚年仍耿耿于怀。1957年，已在民族音乐研究所工作的王世襄，在鸣放中对自己在"三反"中的冤屈发表意见，结果冤屈未伸，转而成了"右派分子"。1962年，王世襄被摘除"右派"帽子，征求他意见是否再回故宫，他执意不回，而是去了文物研究所。

王世襄"玩"的兴趣从未因生活的坎坷而放弃，本来就喜欢小文物的他，在逆境中反而买得更多了。他的兴趣从幼年时的"玩意儿"蛐蛐、蝈蝈、鸽哨，延伸到了古代雕像、明清家具。譬如买旧家具，虽然他受经济能力的限制，只能买些小的破烂的旧家具。但由于他不惜费功夫，经常骑辆破车，一次次叩故家门，一趟趟逛鬼市摊，从而时常廉价买到做工讲究的明式家具（这些旧家具后来都归入了他撰写的那部精美厚重的《明式家具珍赏》）。他的家成了一个收藏家的乐园，许多被人遗忘的，被人为破坏的东西，在他那儿成了宝贝，有了栖身之地。王世襄不单纯只是收藏，而是在收藏中琢磨它们蕴涵的意味，旁征博引，将民俗与工艺、与美术、与历史相互连结融会贯通，使之变为不可多得的学问。1958年初搬进芳嘉园王世襄家院子东屋的黄苗子回忆说：当时他一般早上五点就起来读书写字，但四点多，王世襄书房的台灯就已经透出亮光来了。"邻窗灯火君家早，惭愧先生苦用功。"在黄苗子眼里，王世襄治学凭两股劲：傻劲和狠劲，以一种锲而不舍的精神，一钻到底，总要搞出个名堂来才善罢甘休。有一则轶事最能反映王世襄的内心世界：在十年动乱时期，王世襄收藏的家具没有屋子摆放，只好把这些宝贝堆满一间仅有的破漏小屋，在既不能让人进屋，也不好坐卧的情况下，老两口只好卷局在两个拼合起来的明代柜子内睡觉。黄苗子为他的特别的床作联：移门好就橱当榻，仰屋常愁雨湿书。横幅为：斯是漏室。住在这样的房间里，王世襄依然感到充实而快乐。

李辉曾设想，如果将王世襄芳嘉园家的四合院辟为博物馆，把他所有的藏品：明清家具、字画、葫芦、鸽哨、竹刻等集中起来展示，定会是京城颇有特点的家庭博物馆。这座家庭博物馆虽没能建立，但王世襄已给我们构筑了一座色彩斑斓内容博大超越时空的鉴赏博物馆：《明清家具珍赏》、《说葫芦》、《北京鸽哨》、《蟋蟀谱集成》、《竹刻艺术》、《中国古代漆器》、《中国鼻烟壶珍赏》……

（《王世襄：找一片自己的天地》，李辉著，大象出版社2001年第一版。《锦灰堆》，王世襄著，三联书店1999年第一版）

周昌谷：愿凭千尺悲鸣水

　　周素子在《晦侬往事》(三联书店 2013 年初版) 里回忆她的二哥周昌谷时说:"文革"结束后大约在 1977 年,中央让各地画家到北京为人民大会堂绘制壁画,周昌谷因病未能去成。次年,北京国际机场候机楼也要绘制壁画,又让各地画家前去。周昌谷抱病到北京机场绘大型壁画,中途病发,勉力完成后竟病重在北京住院。住院中周昌谷给妹妹写信,告知若不治身亡,盼能够撒骨家乡石门潭,岩壁刻"云生大泽"四字。同时,在信里还附录了一首绝命诗:"热血难酬积疾深,龙湫撒骨复何寻，愿凭千尺悲鸣水，寄我绵绵故国心。"

先不说周素子关于周昌谷去北京画壁画的回忆与事实是否有出入，仅仅从她所谈的周昌谷当时写给她的信里的话和这首绝命诗，就可读出周昌谷斯时斯地的满腹惆怅和不甘。

关于中年早逝的画家周昌谷，能够读到的传记材料不多，这也更凸显了周素子回忆的价值，但老年人的回忆往往会有错误，这在周素子的回忆里也是如此，譬如上边所引述她关于周昌谷在"文革"结束后去北京画壁画的回忆就是与实际有出入的，其实，当时周昌谷并非去北京国际机场画壁画，而是在 1978 年给北京饭店作画，这从周昌谷当时写给友人的信里可以看到。

周素子的回忆与事实上的出入之前已有人质疑，例如新浪博客"结庐南山湖畔居"有一篇"给素子姐的信：话说周沧米画展"（2009-04-08 22：57：05），是博主李其容给周素子的信，其中有如此一段话："她最近出了本书，托人辗转带给我。其中也有写我和父亲的，但出入较大。我在电话里问她，为何要出这本谬误百出的书？

她说，只为了那些死去的和即将死去的右派，不想他们的名字被湮没。"李其容曾供职浙江美术学院图书馆，其父亲李家桢曾是浙江美术学院党委副书记。

在陈岩集著的《丹青余韵》(中信出版社 2013 年初版)里收录了六封 1980 年代初周昌谷写给他的信，从这些信里，可以看到周昌谷在重新获得画画的权利却受限于身体疾病的不幸生活。正如周素子所说：1980 年以后，周昌谷又能重新握起画笔，"但他的身体状况却一蹶不振，他几乎长年在医院中度日，即使回家也是在病中。此外，他的婚姻不幸，事业和家庭的不幸，绝非医药可以医治。"

在周昌谷写给陈岩的信里，所谈大多与医药有关，但更与他的绘画和性情有关。例如在第一封信里，周昌谷先是感谢陈岩邮寄给他北京市文物商店庆祝"三十五周年文物展览"的请柬，然后说："已经过去了五年，你还记得我，而我的病，依旧没有好转，现在美术事业突飞猛进，卧病在床实在不是滋味。"

周昌谷于 1987 年因肝病去世，而北京文物商店成立于 1960 年 5 月，因此信里所说的"庆祝三十五周年"并非指北京文物商店成立三十五周年，应该是新中国成立三十五周年，这样才在年份上说得通，写信时应是 1984 年。也就是说，写这几封信的年月已经是周昌谷人生的结尾几年了。在第一封信里，周昌谷还写道：他近来自己的画画得很少，但他始终留有一百张，作为日后展览之用，例如他若到北京可以在文物商店做画展。在说完这些之后，话题一转，周昌谷说他想到几件事，要与陈岩谈谈：

1. 数年前，我收到一副高其佩的对子，后来在荣宝斋寄来的画册上看到，原来此对刻在他们内院的庭柱上。这该是他们的一宝，我倒想，如果他们愿意，给我一张齐白石精品虾或荷花，我是可以换给他们的。但我不卖。不知你以为如何？值得否？

2. 数年前我收有鸡血石（有半张信纸大），后加工为红梅写意，另有一冻石梅花，有信纸般高。另亦有"封门青"等，不知花了我多少画和精力才搞成。但你们如有相应价值，我是可以出让的。

3.另有少量自己作的书画。

以上三点只是谈谈而已，这要看你们有否人到南方出差，看了东西，才能决定的。就算我告知你这个消息吧！

这几年，我都在医院进出，我最爱的是大写意大草书画，但因杭州地处偏僻，也很少见到。

从这封信里，可以读出很多内容的，人到中年疾病缠身的周昌谷，对艺术对收藏仍无法释怀，仍沉浸其中，这种为艺术收藏品交换和售价上的"计较"，其实也看出了周昌谷的性格。

在接下来的几封信里，周昌谷往往都是先谈书画，然后就是委托买药，如第二封信里先说自己从去年6月到今年2月转氨酶正常，甚感高兴，本想整理作品带到北京在文物商店搞一个小型观摩展，但没想到到了3月中旬身体又有波动，"情况时间，与78年在北京相同，"他只得再住院治疗。他说因听到有一种新药"合三"试制出来，"请您设法为我买一些，此药系试制，极不易买，望您施展大力，请朋友帮助，此药每天6片，二个月为一疗程，要360片，药是不贵就是难搞……"在第三封信里更进一步说明：因他患肝病九年不愈，三个月前服用"合三"，很快转氨酶就正常了，但最近就缺此药，否则早就可以好转了。所以他希望通过陈岩将此药买到……并说药费等费用可以从他寄上的画卖掉后的画款里扣除。第四封信则更表示"也想努力治病"，并"寄上拙画一幅"，并说明虽然"诗做得不好，字也写得不好"，但"只是借此想谈自己要说的话"，画题《疴鹰》，诗曰："小试雏翅却笑侬，烟云九点血方浓。若非铩羽成衰朽，一击狂飙皑皑峰。"诗中"若非铩羽成衰朽"应该是周昌谷对自身病体的无奈表达。

第五封信的信息量颇大，既有当时周昌谷卖画的报酬，也有对麻烦友人买药的感谢和酬答，还有画家对人情世故和画店的应酬：

您的信收到，由您店寄来的四百零五元亦已收到，收条已另信寄去您店，勿念。

我的药要您麻烦，另字画亦由您经手，诸多麻烦之处，非常感谢。

今日我身体略有好转，写字比作画轻松些。今后需要时请来信，画可少量画，字倒可以多写的。

另琉璃厂成立了其他二家书画商店（店名记不起了），均曾来杭约稿，我只能供应一二幅，身体还不够好也。

又近日偶以土皮纸写作，奉吾兄一幅请正。

在第六封也就是最后一封给陈岩的信里，周昌谷先是感谢陈岩和朋友帮他买的药和关心，接着婉拒了陈为朋友的索画："……目前身体不行，因自病后71年始，四尺整纸的，只画过一二幅，上次在北京饭店画了二张八尺，结果病得将死，所以目前只写字，偶作竹子，这样作画时间只在一个小时以内。如大幅，连续四小时就体力不行，但如一天画一小时，四天画成，画中气断，又不行了，所以近期不可能作此种画……非常抱歉，力

184

不遂心也。切切。又如写幅字，画画竹子，目前能行，不知贵友欣赏否？恐怕不行吧！"接着又写道：

寄上字十条，请您除下买药的垫款三十元，将余款寄来。

另有一事奉托。即荣宝斋内廊刻挂着一副高其佩的对联，红色底的，恰巧这对联的原作现在我处，这该是他们镇斋一宝。我的藏画中缺少齐白石、吴昌硕，如果他们给我一幅精品（如对虾等），我愿将此对相赠，但非精品不行。此事可否，请你问问看。因齐吴等的潦草作品，则不如高的对子了。不知可否。

这是陈岩收到的周昌谷的最后一封信。信中最后一段所谈恰好与他收到的周昌谷第一封信中所谈的第一件事即用高其佩的对子换齐白石的精品虾或荷花"头尾"呼应，也看出此事在周昌谷的心中一直念念不忘。

陈岩说，他认识周昌谷后，帮周昌谷找药、送药，比与他谈书画交往的时间还要多。他最后给周昌谷送药时，周昌谷已经住在北京三○一医院，在病床上，周昌谷还想画画，但是，一张三尺的画他都已经画不了了。

从这些书信里，可以看到作为画家的周昌谷在生命的晚年的生活和精神境况，尤其是也反映了1980年代初即便是身为浙江美院教授的名画家，其生活境遇也为那个已经转折了的新时代做了一个真实的注脚。

周昌谷生于1929年，属蛇。农历九月初一出生。从小习画，临摹《芥子园画谱》，还有绣像小说的插图。

1948年，周昌谷考上了杭州国立艺专。周素子说，在杭州艺专时，周昌谷热爱潘天寿和林风眠的画艺，且深受林风眠的影响，热衷于印象派画风。1950年，周昌谷还仅仅是大二的学生，因为他追求印象派的画风，与当时提倡的现实主义画风和与工农兵结合等的主流目标相违背，而遭受批判。先是林风眠遭到批判，林风眠离开学校去了上海，接着批判几个追随林先生的学生。学校将周昌谷的这一艺术倾向说成是反对工农兵的反动学术思想。再加上家庭出身的限制，使周昌谷在今后的数十年美院生涯中，一直蒙受抑制，每次政治运动都受到批判。在1957年的"反右"斗争中之所以未划为"右派"，是因为美院"右派"太多，他年轻排不上号，但后来还是称他为"漏网右派"。在妹妹周素子的眼里，学生时代的周昌谷虽然情绪压抑，但很用功，后来虽然因《两个羊羔》成名，但周昌谷"短短一生是不得伸其志的"。

1953年夏，周昌谷从美院绘画系毕业，因周昌谷的毕业创作是中国画《西湖全图》，因此留校时被分配在国画系担任助教。而他的同学肖峰、全山石等则因为留在西画系而能赴苏联留学，周素子说："哥哥羡慕他们心里很难过，以为自己再也没有前途。他这一情绪，要到赴敦煌临摹以后才缓解，才真正热爱中国画的。"这是在1954年春，周昌谷和方增先等三人随金浪先生赴敦煌临摹壁画，为期半年。周昌谷到了敦煌后，给他妹妹周素子来信："信中长篇大论，震撼于中国画的完美。他写到，观音菩萨比维纳斯更美。此时，他庆幸自己能终生从事中国画。"在敦煌临摹半年后，周昌谷等人返程时到了甘南草原，参观了青海塔尔寺。周昌谷后来获金奖的《两个羊羔》，就是他在甘南藏区所见所构思的。

1955年，周昌谷的《两个羊羔》获得"世界青年联欢节"金奖，按照规定获奖者可以出席下一届的联欢节。但终因周昌谷家庭出身和他本身的政治条件限制而失去机会，周素子说，周昌谷虽然长期从事美术事业，但除了教学，很少有创作问世。大约在1959年，周昌谷以毛泽东《六盘山》词意，创作了一幅画：毛泽东立在六盘山上，披着披风，身旁站着一名护士，斜背着一只药箱。这幅画受到了观者的赞赏。但忽然有一天，领导告诉周昌谷，说毛泽东本人也看到了这幅画，不高兴地说了一句："难道那时我身边有护士吗？"仅此一句，上下震动，传闻到了家里，周昌谷的老母亲也很紧张，以为一定要出事了，周昌谷更是惊恐。静候了一段时间，不见动静，全家才额手称庆。

在周昌谷去世后又过去二十年，在邵大箴主编的

《万山红遍：新中国美术 60 年访谈录》一书里，浙江美院（即中国美术学院）教授吴永良在《周昌谷其人其艺》访谈里如此评价曾教过他的周昌谷："20 世纪五十年代周先生的中国人物画，在全国范围内学术影响已经非常大了。他很有才气，成名很早。"在吴永良看来，周昌谷是新中国成立后现代中国人物画的创导者之一，或者说奠基人之一，"他的画风就全国当时来讲，就非常超前。"

周昌谷的《两个羊羔》在各种版本的新中国五十年或六十年美术作品选里都是作为中国画经典作品收入的，这幅他二十六岁时创作的作品，也成为 1950 年代新中国描绘新生活的代表性中国人物画作品。用吴永良的话来说，这幅画即便拿到今天来看还是很好的，即使从现在的审美观点来看，还是很时新的，"这幅作品非常了不起，从学术上来讲，笔墨技法、形式到内容都非常完美，高水准的完美。当时没有其他人可以达到他的水准，放到今天也非常高，没有多少人能画得出这样完美的作品来。"

吴永良在浙江美院读书时，五年级时是周昌谷带他的，后来又成了周昌谷的同事，因此对周昌谷的生活很了解，他说：周昌谷后来身体不好，许多事情是他帮着处理的，他与周昌谷接触是最多的，他感到周昌谷非常苦恼，在他眼里，周昌谷其实并不满足自己的艺术状况，在艺术追求上是有想法的，但是周昌谷的作品虽然优雅明丽，但画面上的主角都是一些女孩子，"色彩很媚，造型有点概念化"。吴永良对此的解释是："他是没有办法，因为他一天到晚离不开医院，坐在病榻上。他自己也说画这些分量太轻了。"整个"文革"期间，周昌谷只画过一张主题性绘画，这就是《缚苍龙》。当时浙江美院组织画家画"样板戏"，周昌谷也只被安排画画配景，不让他画主要的人物。这些都让他非常苦恼，他认为自己并不是只能画少数民族女孩子这些风情画。"风情画观赏程度可能高一点儿，但画家还要画表现社会现实的，包括历史的重大题材，而他是没有精力来画，我觉得他是非常苦恼的。"

"昌谷先生是才子型的，但他又是很用功的，即使在病房里，他也很用功。他想方设法要人搬来一张铁床和几块床板，在病房里搭起一张简易的画桌，只要能动，就不忘艺术实践，后来医生禁止他画画，他就看书，也写些文章。"吴永良说，"其实他是一个很可怜的人呀，身体不好，画的一些少女人物比较概念，因为他没有生活，他在病床上不可能深入生活，不可能去感受……"

蔡亮：两种角度的画像

当年抗日战争胜利的消息传到延安时，也就是1945年8月15日，延安度过了不眠之夜，欢庆胜利的人流手中握着的火把让延安之夜铭记在许多经历者的记忆里。1960年代初，有一位青年画家创作了描绘那个夜晚的延安图景的油画——《延安火炬》。这位青年画家就是蔡亮。这幅油画也成为他的代表作。

其实，《延安火炬》和那幅描绘新中国诞生的《开国大典》相似，也经历了前后修改，不过和《开国大典》的删改人物不同，此画后来又增加的是游行队伍前捧着的领袖像。

蔡亮原来创作的《延安火炬》是 1960 年完成的，164cm×345cm 画面上是欢腾的延安军民，远景是闪耀在夜色中的火炬，近景是敲打锣鼓吹着唢呐的军民。（见《中国油画史》，刘淳著，中国青年出版社）

后来修改的与原画有很大不同，画面上最醒目地变成了在八路军战士和民兵双手抬着的巨幅毛主席画像了，那画像的画框也非常精美，成了画面上的亮色。画像上方是飘扬的大红彩绸。（见《中国现代美术全集》油画卷 2，天津人民美术出版社）

这两幅前后不同的《延安火炬》，显然是画家在不同年代的不同表现。

关于蔡亮，我所知很少，若不是从有关石鲁的传记里读到，也许根本不会"关心"蔡亮这位新中国成立后培养起来的油画家。

《延安火炬》出自油画家蔡亮之手，但该画也与石鲁有关，并因此画，而有了蔡亮和石鲁之间的恩怨甚至仇恨。此画的构思和主题据说来自石鲁。（《狂石鲁》，王川

著，江苏美术出版社 2009 年版）

1959 年为革命历史博物馆创作历史画时，石鲁应邀去了北京，接受下来两个要承担的画题：一个是《转战陕北》，一个是《庆祝抗战胜利》。

石鲁的构思是要表现延安军民在"八·一五"抗战胜利日那个晚上的场景。石鲁说，当时他所在的陕北公学在杨家湾，离延安有八九里路，师生们是在晚上听到新华社宣布日本已经投降的消息的，全体师生立即打着火把，步行到延安游行庆祝，延安城在那个晚上到处都是狂欢的人群，到处都是庆祝胜利的队伍……石鲁后来多次想将这一场景搞成一幅大画，这个镜头给他留下的印象太深了。这次他想描绘出延安全城的军民举着火把满街游行的场面，标题想定为《胜利的夜晚》。

但是石鲁一直没有动笔，原因有二：一是他在集中精力创作《转战陕北》，二是因为《胜利的夜晚》中的火炬是最重要的道具和细节，想要表现出火炬的灿烂，中国画的表现手法不太适宜。石鲁说他一直想画成一幅油画。（石鲁是个多面手，版画、油画、国画，他都涉猎。

他曾画过一幅油画《七月的延安》,题材是描绘毛泽东在看地里的西红柿。)

石鲁把《胜利的夜晚》的构思给了蔡亮,因为蔡亮的油画功底好,由蔡亮来画也许更合适。蔡亮就此一举成名,《胜利的夜晚》改题为《延安火炬》,此画也成了他的代表作。蔡亮是50年代初中央美院油画系的高材生,曾随油画家艾中信先生到西安写生,石鲁看过他的作品。后来蔡亮因与"二流堂"有染而受到了批判,毕业后被"发配"到西北,档案里有"控制使用"的字眼,但石鲁爱才,作为主持陕西省美术界的行政领导,石鲁先是安排蔡亮到了群艺馆,后来又将他调到了自己的身边。关于石鲁对蔡亮的赏识,在黄名芊的《笔墨江山——傅抱石率团二万三千里写生实录》(人民美术出版社2009年6月第2版)里也有记录……1957年"反右"时,中央美院曾要求西安美协将蔡亮送到北京来接受批斗,当作批判的靶子。石鲁亲自带着蔡亮去了北京,对美院说,人是带来了,讲问题可以,批斗不行。因石鲁的保护,蔡亮侥幸逃过一劫。

《延安火炬》之后，中国美术家协会提出要给蔡亮安排"理事"的头衔，但这一建议遭到了否决，据说这个否决是石鲁自己提出来的。在中国美协的常务理事会上，石鲁以蔡亮还年轻，才画出不多的作品为理由，否决了蔡亮的"理事"。

"文革"开始，让石鲁惊奇的是，他昔日一向提携的蔡亮成了批斗他最力的造反派，由于出自"家门"之内，所以蔡亮对往昔的一些事记得特别清楚，他历数石鲁"反动黑画家"的罪行。"文革"开始，蔡亮就变成另外一个人，他跑到北京，他在中国美术家协会参与斗争了王朝闻（当时王担任中国美术家协会书记处书记），甚至有人说蔡亮在另一次批斗会上动手打了贺龙元帅，又参与查抄中国美术家协会"破四旧"的行动，就在这次"革命行动"中，他从一堆中国美协的旧档案中发现了那次讨论是否给他"理事头衔"的会议记录，而且从中发现了石鲁竟然不同意自己担任中国美协理事的发言记录。这一发现导致了他回西安后对石鲁的粗暴相加，据说，蔡亮认为是石鲁在嫉妒他，成了他前途上的障碍。石鲁对蔡亮不能忘怀的就是他毒打自己的情景，石鲁说：

> 在一次批斗会结束之后，蔡亮就来打他。不仅他自己打，他的老婆也参与了打。他们俩将石鲁按倒在地上，骑在石鲁的身上，又将他的手反扭到背后，用棍子狠命地打。

> 石鲁强回过身去对蔡亮说，"可不敢把我的手扭断了，我还要画画呢。"结果引起了蔡亮夫妇更狠命地毒打，蔡亮老婆说："老娘还从来没有打过人哟，今天就要打你这个老反革命！你还想再画画？"……

关于《延安火炬》，石鲁说那是他的构图，原先连草图都画好了，是后来让给蔡亮画的。蔡亮对此先是沉默，到了"文革"中就矢口否认此画是得之于石鲁的生活，更是否认在创作过程中得到过石鲁的帮助。蔡亮说自己在中央美院读书时就有了这一构思。另外，蔡亮还对此幅进行了修改，将原作中许多没有出现的人物和道具增添了上去，并对原有的人物形象进行了增添。而且连画的题目也改成了《八·一五之夜》。对此，石鲁非常愤怒，他对友人说：

> 你叫他（指蔡亮）说说，"八·一五"那天晚上他在哪里？他有没有生活？我们举着火把游行，从杨家湾游到嘉岭山，通夜连觉都没有睡。他哪里有这种生活？他当时还在穿开裆裤！现在改的这幅画，大家抬着油画毛主席像游行，当时哪来的这种大幅的油画标准像？都是木刻的。这违反生活的真实嘛！

对于此画的是非，毋须加以置评，有一点，石鲁并没说过此画是自己所为，此画由蔡亮亲手创作是毋须质疑的，但石鲁强调的是此画出自于自己的构思。如果没有"文革"恐怕也不成其为问题，但在"文革"中，此画也成了拷问人性的一把钥匙。如果没有蔡亮对自己的毒打，如果没有蔡亮对自己当初在构图上的贡献的否认，石鲁也不会如此"气不打一处来"。

"文革"结束，当石鲁的问题被平反，"凡在运动中打过人的都必须亲自到被打过的人家里去道歉的时候"，蔡亮也去了石鲁家。石鲁当时正在吃晚饭，见到来道歉的蔡亮，石鲁请他在桌边坐下，还请他喝酒，石鲁说："不谈那些了，过去的就过去了。咱们两个相处的时间长了，过去爱打猎，你还记得打猎时的讲究？只打野物不许打人。你怎么打自己人？把枪口对准自己人了？我是狼？是虎？是豹子？"

之后，蔡亮离开了西安，调到了杭州的浙江美术学院。

当然，关于蔡亮，还有另外的文字描绘。例如：在段双喜主编的《毛主席·美术卷》（人民美术出版社2015年1月初版）里关于蔡亮修改《延安火炬》一画时如此写道：1972年，蔡亮所作《延安火炬》又名《八·一五之夜》，是在其1959年绘制的《延安火炬》基础上修改而成的。

1959年正值新中国成立十周年，中国革命历史博物馆也刚刚建成，蔡亮应邀到北京进行革命历史画的创作。根据当时美术家协会领导蔡若虹的要求，有两个题材可选，一是"重庆谈判"，一是"延安军民欢庆抗日战争胜利"。蔡亮选择了后者，该画的创作背景是1945年8月15日，延安军民庆祝抗战胜利的欢庆场面。

"尽管蔡亮没有经历过当时的场景，但从画面来看，与亲身经历者华君武的回忆还是极为吻合的。"华君武的回忆是如此描绘1945年8月15日："在延安鲁迅艺术文学院，传来日本投降的消息……大家不谋而合想到游行庆祝……有人想到要点火炬，有人找树枝、找木棍。"

蔡亮在描绘抗战胜利延安的情景上，是根据一些老同志的回忆描述以及自己在延安体验生活的基础上进行的。比如他描绘的吹唢呐的人，就来源于他1958年在延安画的很多民间唢呐手的速写。唢呐手也成为1959年《延安火炬》画面中重要的视觉角色，画面上其他众多形象则是将北京的模特儿和在陕北写生画的速写相结合而成的。

　　蔡亮 1959 年创作的《延安火炬》，无论是主题表现还是艺术手法都可以说是比较成功的，但在"文革"期间，依旧避免不了政治因素的影响。有领导认为《延安火炬》中军民都放下了武器，与抗战胜利后要"将革命进行到底"的思想不相符，为此蔡亮不得不进行修改。

　　1972 年，蔡亮重新改变《延安火炬》的构图，他将 1959 年作品中的几组人物整体后移，在队伍前方增加了一组抬着毛主席画像的军民，刻画这组军民时则增加了枪支，同时弱化了原先画面右下角抱着孩子的妇女，突出了武装斗争"将革命进行到底"的思想。

　　前后两幅《延安火炬》，为那个年代的画家作品做了文艺为政治服务的典型注脚。

　　蔡亮于 1995 年去世。他和石鲁一样，也只活了六十三岁。

黄苗子的回忆

　　黄苗子在记述李可染及其艺术的"可贵者胆，所要者魂"一文中说，"一个画家的出身，常常影响到他一辈子的创作风格。"李可染的父亲是个捕鱼摸虾的逃荒者，后来当了厨师，也开过小饭馆，由于双亲都不识字，野地上搭戏台的戏班子，是他最早的课堂。李可染后来画牧童，画面上看牛娃天真烂漫活生生的，除了他的笔墨工夫，若没有童年生活的深刻印象，是画不出来的。在论及傅抱石生平和作品的"妙造自然，与古为新"一文中，也有异曲同工之意：傅抱石出生在一家以补破伞为生的穷苦人家，傅家的西邻是一家裱画作坊，东邻则是一家收买破烂兼刻图章的刻字摊，傅抱石小时候常常到东边去看人刻印，西边去看人裱画，看得多了，就在家中刻刻画画。如果说童年的深刻生活，对于画家如同作家终其一生难以割舍的创作源泉，那么白石老人告诫弟子要心境清逸的这句"夫画者本寂寞之道"则道出了艺术创造的真谛。读完黄苗子先生的《画坛师友录》(三联书店2000年第一版)，不自觉地抽出这两句话来概括这本图文并茂的大书的题旨（该书的特色是配以大量画作和生活照片）。

这本书是黄苗子先生将他半个多世纪以来与美术界师友的往来见闻落之笔墨，文章写成自20世纪50年代至90年代，年逾八十，又对一些旧稿反复修改，辑成本书，"把一时代的艺术风貌，留下一点痕迹。"看看黄苗子写下的画界师友，又岂止是给现代中国的美术长廊留下"一点痕迹"，齐白石、黄宾虹、朱屺瞻、徐悲鸿、潘天寿、张大千、李苦禅、林风眠、傅抱石、赵望云、吴作人、张仃、吴冠中等，述及三十余位，刻画出了"苗子"眼中的这些名字丁当响的画家生平、言行、艺术创作，他们对艺术终生的探求，正合着古人所谓"应识良工心独苦"。尤其是穿插文中的传神生动的生活逸闻，读来意味悠长。譬如记述徐悲鸿在战时陪都重庆画过一幅枇杷，题句是："欲破悭囊购彩票，中得头奖买枇杷。"在北京，徐悲鸿到琉璃厂访裱工刘金涛，约他同车到他家裱画，半路上忽然叫汽车停下来，再问金涛借款一元，下车去买烤白薯吃，后来忘记了还钱，金涛也不敢要。透过这些琐碎逸事，艺术家的脾气和幽默自然流露出来。黄苗子至今还清楚记得1934年初第一次到徐悲鸿家去拜访的印象：像个小美术馆似的客厅中，挂着一副字如斗大的大对联：

独持偏见
一意孤行

当时这副对联把黄苗子"镇"住了，其后在逐渐和徐悲鸿的交往中，黄苗子了解到徐先生始终遵守不为名誉和金钱创作，不为阿谀时尚创作，他确实是"一意孤行"。徐悲鸿反对马蒂斯、毕加索等现代派绘画，也确实是"独持偏见"。

与这本记述画坛师友的大书相比，《黄苗子散文》(花城出版社1998年第一版)也许更适合枕边闲读。苗子先生以书法名世(在《黄苗子散文》的正文前，配有几幅他的书画作品)，他的所记所感不管是谈艺论画还是评世说人皆率性而为，淳朴自然。这两本书其实真该参照着阅读，《黄苗子散文》的第一辑"青灯琐忆"是他回忆往事的片断和抗战时在四川写给画家郁风的情书，以及谈书法和传统艺术的体会随感。第二辑"风雨落花"中，除了记述他与沈从文、聂绀弩和王世襄等几位先生的交游和印象外，另外的十余篇皆是描绘画坛师友的，几乎都收入了《画坛师友录》，但"张正宇的怀念"一文没有收入，此篇却别有情趣：被喻为装饰艺术高手的张正宇，30年代以漫画出名，到了晚年其书法更是独创一格，他喜欢对客挥毫，一面写一面自己说好，如果求书的客人也在一旁喝彩称赞，那字写得更为飞舞。朋友们喜欢张的天真放达，就传说张正宇有一天在画家黄永玉家聊天，他们谈起古今的书法家，张伸出左掌的五个指头，右手逐一数去，他把食指一屈说，王羲之，再把中指、无名指、小指屈下去，数道：颜鲁公、怀素、米南宫，就是这几个了。黄永玉奇怪地问：那么大拇指谁呢？张把拇指一屈，理直气壮地说：我啰！艺术家的童真风趣跃然纸上。

插图珍藏本《白石老人自述》（山东画报出版社2000年初版）封底印有罗家伦对白石老人这篇自述的推崇："不掩饰，不玩弄笔调，以诚挚的心情，说质朴的事实，"朴实无华，充满了乡土气味。这本书的装帧和编排以及纸张印刷都符合"珍藏"，尤其是选录的一百八十余幅白石画作和十余幅白石老人及和家人的照片更使人爱不释手。比起别人写的齐白石传记，这篇自传读起来更具真实感。但因系白石老人晚年回忆，故涉及的人与事偶有张冠李戴之处，譬如：老人忆及民国十六年（1927年）在北京时年六十五岁，国立北京艺专校长林风眠请他去教中国画，白石"自问是个乡巴佬出身，到洋学堂去当教习，一定不容易搞好的，起初，不敢答允，林校长和许多朋友，再三劝驾，无可奈何，只好答允去了，心里总多少有些别扭。想不到校长和同事们，都很看得起我……"此处恐怕是老人记忆有误，因我仍清晰记得廖静文在《徐悲鸿一生》中对此事的描述，当时再三恳请白石老人到校教画的应是徐悲鸿。

我深知自己记忆力的不可靠，于是翻检旧藏找出廖著《徐悲鸿一生》(中国青年出版社 1982 年初版)，心里才坦然：其第十九章正是叙述此事，但时间记为 1929 年。在记述了徐悲鸿三请齐白石并陪着老人上第一堂课后，因徐悲鸿革新中国画的主张以及聘请齐白石担任教授——学校里颇多"齐木匠也居然来当教授了"等等微辞，在北平艺专孤掌难鸣，只好拂袖而去（这一点和他的前任林风眠离职几乎一样）。徐悲鸿去辞别白石老人时，老人画了一幅画《月下寻归图》送给悲鸿，画面是一位穿长袍的老人，扶杖而行，这是白石老人的自写，老人还在画面上题了两首诗：

草庐三顾不容辞，何况雕虫老画师。海上清风
明月满，杖藜扶梦访徐熙。

旁边附一行小字：悲鸿先生辞余出燕，余问南
归何所？答：月满在上海，缺，在南京。

一朝不见令人思，重聚陶然未有期。深信人间
神鬼力，白皮松外暗风吹。

无独有偶，与《徐悲鸿一生》中所述徐悲鸿不顾众
议恭请齐白石到校教画相似的是，在《艺海逆舟——林
风眠传》（刘世敏著，吉林美术出版社 1999 年初版）中，
所述与廖静文几乎一致，只是主角由徐悲鸿变成了林风
眠，白石老人也画一幅画赠送林风眠，也非为了离别，
而是因初次上课教画的成功，更进一步写道："还向馆子
喊了几个菜，请林风眠在家吃便饭，藉此以表谢意。"不
过在该书作者笔下，白石老人赠送给林风眠的画上没有
了那两首诗。另外，林浩基著的《齐白石》（中国青年出
版社 1987 年初版）一书中也将白石老人艺专任教归因于

林风眠的诚恳相邀。

虽说当事人都早已经成历史人物，但20世纪20年代末的这桩艺坛佳话当不难厘清。若白石老人是因年高记忆有误，而廖静文为悲鸿夫人，《林风眠传》所据又非第一手材料，故关于此事所说皆不足完全信赖，仍能在其之外找到信据，譬如黄苗子的《画坛师友录》（三联书店2000年第一版），黄苗子所记往来交游的亦师亦友的画坛精英中，起首就是齐白石，书中自然也有徐悲鸿和林风眠。关于此事，在《巨匠的光环——白石老人逸话》中专列一节"齐徐情契"以记之——

北京画院藏有一幅人物画，作一老人背影，戴暖帽、长袍、拄杖。这是白石老人的自画像，上面题满了诗：

草庐三顾不容辞，何况雕虫老画师；深信人间神鬼力，白皮松外暗风吹。

（戊辰徐君悲鸿为北京艺术院院长，欲聘余为教授，三过借山馆，余始应其请。徐君考诸生，其画题曰白皮松，考试毕，商余以定甲乙，余所论取，徐君从之。）

一朝不见令人思，重聚陶然未有期；海上风清明月满，杖藜扶梦访徐熙。

（徐君辞燕时，余问南归何处，答云：月缺在南京，月满在上海也。）

从黄苗子的描绘中，再来看白石老人的这幅作品，当不难看出，此画作于1929年，其时老人六十七岁。当可知草庐三顾的应是徐悲鸿，而非林风眠。何况其时林风眠已在杭州主持国立杭州艺专。再说若此事为林风眠所为，以黄苗子对他们三位的敬重和了解，恐怕也不会轻易误植。

注：比照《画坛师友录》，插图珍藏本《白石老人自述》中的一幅照片文字说明也引起疑问，该书白石老人的第三幅照片——执扇坐在藤椅上的老人和一个天真烂漫的稚童，照片下一行文字："白石老人与孙女在一

起"。这张照片在《画坛师友录》中也有，配文字说明："齐白石七十三岁时与一岁的儿子小翁子合影于跨车胡同的院子中。里进为铁栅书屋客厅，左侧为画室。老人坐处是多年常用的藤椅。"并注明："黄苗子藏"。到底谁是谁非呢，翻览《白石老人自述》不难发现，民国二十三年（1934年）春老人七十二岁时，一直随侍老人的宝珠（1941年被老人立为继室）又给老人生了个男孩，取名良年，乳名小翁子。老人很喜欢这个孩子，说这个孩子很有点凤根，"我家的小翁子，将来一定是有出息的。"等等。从此可知，这张照片似应为老人和小儿子的合影，黄苗子所说不错。但苗子先生也有"误植"，他记述从1950年至1957年老人逝世为止，他经常去铁栅画室看望老人，老人"七十三岁所生的最小儿子，那时还在中学读书，有时跑进'铁栅'，索取钱物，受到老人的呵斥。"这话恐怕有误，苗子先生当年所见的这个"最小儿子"绝非老人七十三岁时所生，因为当年的那个小翁子五岁时就死了。这个最小的儿子应是民国二十七年（1938年）老人七十八岁时宝珠夫人所生的男孩，名曰良末，号鳌根，老人自谓"吾年八十，尚留此根苗也。"尽管老人晚年的记忆不能过于相信，但像生儿子这样的大事当不至于有误。

熊秉明的眼光

　　蒙娜丽莎的微笑在我的印象中已凝固成美和魅力的记忆，只要想起"永恒的微笑"，蒙娜丽莎微侧的脸庞便清晰地浮现在眼前，仿佛伸手可及但又咫尺天涯，她的嘴角犹如在流露着说不尽的故事，而她的眼睛——那目光若说令人陶醉只是道出了最浅层次的魅力。

　　蒙娜丽莎的记忆是常忆常新的，她是我眼睛里美的"标本"。

　　但一天，雕塑家熊秉明告诉了我——我欣赏着蒙娜丽莎，同时也被她在"欣赏"着。如同置身梦境，突然被一声响雷惊醒。清醒之后，再想想蒙娜丽莎的目光，便油然而生被"审视"的感觉。正是熊秉明的《看蒙娜丽莎看》一文，"颠覆"了成为我"记忆"之一的关于蒙娜丽莎的"常识"：蒙娜丽莎并不是安安稳稳地在那里"被看"、"被欣赏"，她也在"看"，在凝眸谛视，在探测。她的眼光比我们的更专注、更锐利、更持久、更具密度、更蕴深意。在她的目光中，"我们"成了一幅画，一幅静物。我们所"看"的是"蒙娜丽莎看"。她的眼光像迷路后，"在暮色苍茫里，远远地闪起的一粒火光，耀熠着，在叫唤你，引诱你向她走去。"

如同当年读熊秉明的《关于罗丹——日记摘抄》让我懂得了如何欣赏罗丹的雕塑和思想，他的《看蒙娜丽莎看》让我知道了"蒙娜丽莎看"，尤其是与安格尔等西方大画家笔下的女性眼光不同的缘由。

"看蒙娜丽莎看"也是熊秉明的一部艺术随笔集的书名——《看蒙娜丽莎看》(百花文艺出版社1997年版)。打开书第一篇，便是这篇《看蒙娜丽莎看》。书中收入的文章涉及范围从西方古典艺术到现代艺术家的创作风格与作品鉴赏，尤其是熊秉明个人的创作体验和艺术观念，另外，还有他对中国书法艺术的精神理解和艺术剖析。

熊秉明的艺术随笔耐读，在这部《看蒙娜丽莎看》中，与《关于罗丹——日记摘抄》中的罗丹不同，熊秉明写了"陌生的罗丹"：罗丹的雕塑是写实的，但其负面却是"雕刻的死灭，生命的虚幻"，而"一个头像的分量"，更是在他的《关于罗丹》出版之后他觉得和罗丹有关系而值得特别写一笔的，这就是罗丹的学生、助手、模特儿和情人克劳岱尔的悲剧：她只为罗丹塑过一座肖像，她似乎把一生的精力都倾注在这一座雕像上，为了这一个头像，她烧毁了自己的一生。

"谈杰克梅第的雕刻"一文则阐述了与罗丹的写实人体雕塑相反或说罗丹之后雕塑家的追求，人体的刻画到罗丹达到了一个顶峰，而杰克梅第却仍要表现人体，但他的人体雕刻却不是写实的，他虽以人体为题，却是反人体的——人体成了瘦削而枯索的"存在"。如果说从罗丹的雕塑里能读到文学和思想，那么杰克梅第的雕刻只有单纯的"存在"，没有文学更没有思想。然而，在剖析了杰克梅第雕刻的特征后，熊秉明给出了这些"内容极端贫乏"的雕刻的意义：

> 他带给我们的是雨果赞赏波德莱尔所说的"新的战栗"。诚然是贫血的、寒伧的，然而我们不曾见过如此的雕刻，雕刻不曾说过如此的话。这些立在有、无之际的修长的、非雕刻的人体，一旦出现，竟然成为雕刻世界中不可或缺的东西了。

"达利的两张画"则是对西方现代艺术大师达利的作品解读和艺术感悟，熊秉明尽管对达利一向相当反感，他极其厌恶达利的卖弄招摇、装腔作势，也憎恶达利的许多作品，但有两幅达利的画却给了他很大的震撼。这篇"达利的两张画"让我感兴趣的不是达利的两幅画，而是熊秉明作为"读者"的态度：虽然非常不喜欢某位作者和他的创作，但面对这位作者的某几件作品受到了震撼并从中引发了艺术感悟时，仍能客观地谈论这位作者并抒发了自己由此得到的感想和收获——熊秉明在达利的作品《软体结构和煮熟的豆子》和《受难的耶稣》里"听到了西方人对生存之荒诞的最激烈的、最彻底的呼喊"。

而"认识毕迦索"一文则撇下毕迦索（毕加索）的画不谈，熊秉明感兴趣的是毕迦索的为人——生活中的艺术家（这篇文章写于1966年，正逢毕迦索八十五岁寿辰），他谈论画家所依据的主要是和毕迦索曾同居过十年（1943—1953）的弗朗索亚丝·纪洛所写的书：《和毕迦索共同生活的年代》，这书曾引起毕迦索的恼怒，提出诉讼，但并没有达到没收该书的目的。在熊秉明看来，玛提思（马蒂斯）的每一幅画都是跳跃、开朗、鲜明的微笑，"他把平日的哀乐都滤下，不让它们干扰这一意境的完整性，纯净性，毕迦索正相反：他要画幅来反映每一月，每一天，每一刻的欣悦，酣醉，苦闷，愤怒。"熊秉明解读的是一个复杂而矛盾的毕迦索——用也曾与他同居过的杜拉·玛耳的话说，毕迦索也许是一个非常了不起的艺术家，可是在道德上，却一文不值。熊秉明的目的并不是故意把毕迦索涂抹成丑陋或可笑的角色，他只是希望读者能够知道艺术家性格的复杂性，毕迦索性格的复杂性，进而能深入地步入毕迦索的造型世界。"这和中国历来把艺术当作陶冶性情的工具，把艺术家当作具备道德修养的人物是判若两样的。"

在我的阅读中，熊秉明的身份虽然是一位雕塑家，但我看到的他的作品并不多，看到的雕塑原作只有一件：北京中国现代文学馆正门一侧的铁塑《鲁迅》，塑像充满现代意味，与以往"印象"中的鲁迅形象有很大不同，但更具"鲁迅"的精神。我是从熊秉明的文章中来认识和喜欢他的，关于他自己的艺术创作，这部《看蒙娜丽莎看》中所收入的"展览会的观念"和"观念展览之后"可以看作是他的艺术观念和实践的独白和辩护。作为一位生活在西方的中国人，熊秉明的艺术无疑打着中西文化融合的烙印。即使他的充满现代意味的抽象雕塑，也有着中国传统文化精神的熏陶。譬如他的铁雕《鹤》：

　　20根钢条，瘦硬的直线，架搭焊接起来，在晴空中支成鹤的简形——我自己认为是多年提炼成的形式，并且在我之前，中国文化里酝酿着这样的形式，不过我同时采用了西方某些抽象雕刻的手法。

这段创作谈我觉得说出了熊秉明文学与雕塑的思想和艺术特点。对于中国文化给予他的血缘影响，在"中国文化核心的核心"和"书法和中国文化"两篇谈论书法的文章中得到了很好的体现。譬如说，熊秉明认为一个文化的核心是哲学，中国传统哲学家的终极目的不在建造一个庞大精严的思想系统，而在思维的省悟贯通之后，返回到实践生活之中，而从抽象思维落实到具体生活的第一境乃是书法——书法是心灵的直接表现：既有造型的意味，又有文学的内涵和哲学的境界。尤其是，"书法仍是我们向往的表现工具、最后的寄托，亦是认识我们自己的最好的镜子。"

由蒙娜丽莎的眼光，到中国的书法，这之间的跳跃不能不说有些超越"距离"，但跟随着熊秉明的目光，这一切又和谐而自然，仿佛沿着一条山路拾阶而上，满目是看不尽的风光——尽揽眼底。

朱乃正眼里的"真"

　　1980年刚从青海调回中央美院的朱乃正，撰写了一篇《并非偶然的幸运——谈陈丹青和他的画》(《朱乃正谈艺录》，人民美术出版社1998年初版），此文重点是针对陈丹青读研时画的表现西藏风情的七幅油画，这七幅画幅不大的油画也是陈丹青总结自己两年研究生学习的毕业创作，即后来有着广泛影响的《西藏组画》。在这篇文章里，朱乃正详细介绍了陈丹青和他的油画创作，梳理了陈丹青的西藏油画何以并非只是偶然的幸运，并谈到他最早对陈丹青的"认识"：

1977年在北京的一次美术展览会上，朱乃正在美术馆里遇到画家姚钟华，姚告诉他，有一位并不出名的年轻人画了一幅很精彩的油画，于是，他们就从展品中找这幅画——《泪水洒满丰收田》。朱乃正说，他立刻被画面上真实生动的形象打动了。虽然艺术表现上还不十分完善，可是整幅画有一种质朴而自然生动的特殊感觉，就是在麦田里的一把镰刀、一个水罐也画得真切而生动。"在看了十年浩劫时期那些虚假拼凑又华而不实的作品之后，的确使人产生一种清新、有力的印象。"尽管当时朱乃正不知道作者是何许人，但他已经深感作者的才华迥非一般。不久，朱乃正又见到了陈丹青的油画《进军西藏》，同样给人一种敢于越出常规，但又风格朴实的印象。

朱乃正和陈丹青的真正认识和接触还是在陈丹青考取了中央美院油画系研究生以后。陈丹青在他的《骄傲与劫难》一文中记叙了他和朱乃正最初接触时的印象：当年他在中央美院读研究生时（1978—1980），导师是吴作人，还有侯一民、林岗和靳尚谊，这些教授们的名字皆是在当代油画史或美术史上留下作品的，在描绘了他自己入学考试和与老师们的交往之后，他笔锋一转，写到了朱乃正："之后一年，另两位50年代便即出局的美院才子调回母校，一是朱乃正，放逐青海二十年，一是袁运生，发配东北十七年，他们都是'右派'分子，当年被扫地出门时，还不到二十岁……"因朱乃正和与陈丹青同宿舍的孙景波相熟，朱乃正到美院时就在陈丹青他们的宿舍长谈，临睡，陈丹青到隔壁找地方睡，把自己的铺位让给了朱乃正。第二天朱乃正告诉陈丹青，那是他被迫离开二十年后，头一次走进母校大门。

陈丹青还写道：在他毕业那年，有一天他照例在教学楼长长走廊走，朱乃正远远招手让他过来，说有件东西给他看。那是一枚陈旧的毕业证书，证书首页端端正正的黑白照片上，是十八九岁一脸稚气的朱乃正：作为"右倾"的惩罚，这份毕业证书扣留不发二十年。那天早晨，校方刚刚把证书还给行将五十岁的老同学。

对于陈丹青描绘西藏风情的七幅油画，朱乃正如此评述：这几幅油画，无论是内容和形式，都有些出人意外的"土"和"小"，但它们散发出那么强烈的高原生活的气息，惊动了观众，迷住了观众。看过这些画，不管你是否欣赏，但你休想忘掉它们。

朱乃正在论述陈丹青的西藏组画时强调：决定艺术作品成功的力量，在于这些作品具有深刻的人道主义精神——对人的同情、热爱和尊重。艺术本质就是人，人的美好，人的尊严……在艺术作品中，时代、民族、生活和人这四个因素是根本的，而主要的关键，还在于——人、人道主义精神。正是基于对"人"的认识和同情，陈丹青才描绘出了这个民族的朴素、坚毅、深沉的精神特质。"画面上凝聚着他真挚强烈的感情和深潜的思想。"

在评述了对陈丹青描绘的西藏风情之后，朱乃正谈到了他自己：当他在二十年前开始到藏胞中间画画的时候，他同样也被他们强悍的体魄、淳朴的性格和沉郁的精神状态所激动。他说许多到过西藏的画家都会有这种体会。"但过去人们往往由于主客观的各种限制，回避了那些生活中真实而本质的东西。甚至相反，常常把头脑里臆想的生活来个移花接木，用虚假的光彩去打扮和粉饰现实生活……"与之相反，陈丹青《西藏组画》的可贵之处，恰恰在于"真"——真实的情感、真实的体验，不加雕饰地表现出来。

这段话，朱乃正显然是有感而发，既是对过去一些画家描绘西藏的虚假批评，其实也是针对他自己以往描绘西藏风情画作的认真剖析。也可以说，这是朱乃正对以往自己的西藏风情创作的"忏悔"。

朱乃正当年全身心描绘并赖以成名的艺术创作恰恰也是"藏族风情"。朱乃正晚年曾写过一篇《乃正从艺自叙》，述说自己当年在中央美院专攻油画，曾得吴作人、王式廓等名师指导，曾一度向往云南、新疆，认为那里不仅山水引人，且民族色彩更具独特风貌。"殊不料。1957年夏风云突起，从此，走上人生坎坷之途，并于1959年春被远谪青海高原，开始了长达二十余载之边地生涯。"

1963年，朱乃正在青海完成了描绘两位藏族女青年在丰收季节拿着簸箕扬场的油画《金色的季节》，这一年他二十八岁。因这幅画在木板上的油画，用朱乃正晚年陪伴在他身边的曹星原的话说，"贬谪中的朱乃正辉煌地走进了美术史"（《响当当的铜豌豆：传奇画家朱乃正》，曹星原编撰，吉林出版集团 2014 年初版）。

朱乃正的这幅《金色的季节》，《中国油画名作 100 讲》（刘淳著，百花文艺出版社 2006 年初版）一书里如此介绍：在构图上，用仰视的角度描绘了两位藏族女青年扬场的动作，她们的姿态几乎占满画面，云飞风舞吹散了她们簸箕中的粮食，也吹起了她们的衣裙，使整个画面富有动感。尽管两位藏族女青年是在场上劳作，但她们的动作有一种"舞"的感觉……

邹跃进在《新中国美术史》（湖南美术出版社 2002 年初版）里把当年涌现出的《金色的季节》这一类美术作品（例如还有《四个姑娘》、《天安门前》等等）归结出一个共同的特点——抒情性！尤其是"以正面歌颂为主，而不能暴露社会的黑暗面"。

《金色的季节》的整个画面与朱乃正在 1980 年代初写文称道的陈丹青《西藏组画》呈现出的风貌恰好相反，

朱乃正说，《西藏组画》好就好在并没有画藏胞载歌载舞和欢乐喊叫的场景，而是着力于通过平凡、朴素甚至寒伧的现象去表现人物的坚毅沉厚的精神世界。也就是他所说的艺术与生活上的真正的"真"，反观他自己当年的《金色的季节》，就犹如描绘舞台上的"表演"。

在《响当当的铜豌豆：传奇画家朱乃正》（曹星原编撰，吉林出版集团2014年初版）一书里，有一幅陈丹青给朱乃正画的一幅很小的油画像，是1980年朱乃正刚从青海调回中央美院时陈丹青给他画的。朱乃正说，这一张经过风雨的脸，虽然偶尔也有笑容，但被称为苦恼人的笑。不管怎样，归来后的朱乃正，从此命运有了新的转折。当然，也包括他的艺术创作。但是，至今只要提起朱乃正，我首先想到的，还是他的这幅《金色的季节》。

从贺友直谈起

陈丹青说，1949 年以后，中国绘画以连环画为最好，连环画中，又以贺友直为当然的代表。刘旦宅说，中国的连环画是一座金字塔，几十年积累的作品和画家是基础，从而成就了 60 年代那一批顶尖的高手，又把贺友直推上了顶峰……贺友直的连环画代表作又首推《山乡巨变》连环画。叶浅予在 1960 年代初就对学生说，谁说连环画不能出大家，贺友直就是当今的美术大家。并让学生重点学习《山乡巨变》连环画的人物形象和环境描绘。

1980 年代初，连环画迎来了又一次繁荣高峰。但很快，连环画就开始衰落了，关于衰落的原因，贺友直归结了几个原因，其中之一，他说，连环画衰落也与现代文学史上能改编连环画的经典作品大多已经改编成了连环画有关，也就是说，连环画可供改编的优秀现当代小说资源大半已经枯竭。其实，对他的这句话，我很不以为然。对贺友直来说，他画连环画的周立波写的《山乡巨变》这样的长篇小说尽管是那个时代的主流文学作品，但即便在 1980 年代，还有兴趣读《山乡巨变》这部小说的年轻读者恐怕已经不多，至少，从可读性上，还不如周立波的《暴风骤雨》。

其实，贺友直的视野太局限于主流观念的束缚，如果说《山乡巨变》这样的长篇小说是贺友直笔下的优秀现当代小说，那么，沈从文的《边城》自然无法进入优秀现当代小说的行列，还有林语堂的《京华烟云》、张恨水的《啼笑姻缘》等等，这样的小说若是绘成连环画，从故事性上说，恐怕是要超过《山乡巨变》和《暴风骤雨》。至少，我觉得，连环画衰落的原因，即便是其中之一，也不能说与优秀的现当代小说大多已经改编成连环画，可供改编成连环画脚本再度绘画创作的资源枯竭有关。

仅仅以沈从文的小说《边城》连环画为例，就是对贺友直所谓的现当代小说改编连环画资源枯竭的反证之一。李晨的《边城》连环画我手边有两种：一种是吉林美术出版社2009年8月初版，12开本，18印张，铜版纸印刷；一种是上海人民美术出版社2014年8月初版，16开本，13.75印张，特种纸印刷。这两个开本，前者沉甸甸的一大本，适合摊开放在桌面上看；后者显得精致，可以捧在手里。

在吉林美术版的这册大连环画正文前的序言里，沈尧伊说，李晨历经三年，对沈从文的《边城》进行了百图诠释。沈尧伊对李晨这样将小说原文照登不改编的做法，他曾和李晨有过讨论：按常规全文配图算插图，李晨的《边城》在《连环画报》上刊载时算连环画，而本书则算绘本、图说、图画小说还是文学插图本？沈尧伊说称谓不重要，重要的是实质，即造型化的文学、个性化的读解和风格的延升。

沈从文的小说《边城》无疑可以归入中国现代文学的经典作品行列，他笔下的湘西风情更是我难忘的文学阅读印象。他的《湘行散记》、《湘西》，还有他的《从文自传》，在1980年代初，滋养了我的文学想象，让我在中学课文之外，见识了一个瑰丽的文学世界。这些还仅仅是他的散文，他的小说，更是令我着迷，尤其是他的中篇小说《边城》。如果让我回忆1980年代初的阅读，让我列举印象最深的现代文学作品，若是小说，第一个便是《边城》。《边城》于我，不仅仅是一部小说，还给了我无边的憧憬和想象，尤其是对遥远的湘西。对这部小说的喜爱，也决定了我对现代小说阅读的兴趣所在。

1980年代初，一本湖南人民出版社的《沈从文散文选》让我认识了沈从文，开始了对他的作品的寻求和阅读。即便多年以后，我还是感觉这本《沈从文散文选》所收的文章实在是沈从文最好的散文作品：《从文自传》、《湘行散记》、《湘西》等。之后是《沈从文小说选》，所收入的《萧萧》、《丈夫》、《黑猫》等等，尤其是《边城》，是最典型的沈从文的小说。

在我们的中学语文课上，从老师嘴里我们听到了中国现代文学的排名：鲁郭茅，巴老曹；相应的是代表作品：《呐喊》、《女神》、《子夜》，还有《家》、《骆驼祥子》和《雷雨》。在课文里也多有这些代表性作品的选篇或内容片段。鲁迅的小说，巴金的《家》，茅盾的《子夜》，老舍的《骆驼祥子》，还有曹禺的《雷雨》，那些年陆续都有连环画，但在课堂上，老师没说过沈从文的名字，更没有提《边城》。那些年，我陶醉在沈从文的文字世界里，仿佛湘西的凤凰城就在眼前。

那是还在做梦的时节。与那些名家名篇相比，沈从文的《边城》如同他小说的调子是忧郁寂寞的，但却是迷人的，就像沈从文说的，美丽的，往往是愁人的。这也恰好是他的作品给我的记忆。那时，我逛书店搜寻的目标之一就是沈从文的书。

不过，即便是喜欢沈从文的作品，若那时看到了沈从文小说的连环画，我也肯定不会买的。因为，在当时的我的眼里，连环画也太不文学了，作为一个文学爱好者，怎么能还捧读连环画呢？从这个意义上说，《边城》连环画的滞后诞生对我来说，反而是一件好事。

现在的《边城》连环画，在印制上已经不是传统连环画的"小人书"形式，已经成了小众读者的珍藏本。其实，连环画为大众提供阅读的时代的确已经逝去了，连环画衰落的原因更重要的在于时代的变化，这在于连环画作者的变化，也更在于读者群体的变化，即便还有"幸存者"，例如这本《边城》连环画，但连环画的繁荣时代毕竟已经逝去了。

朱新建的《美人图》

　　朱新建的《美人图》已经成了他自己的标签，看他的画，画里画外，都流露着颓废和欲望，就像当年看贾平凹的长篇小说《废都》，小说里的男主人公庄之蝶仿佛成了贾平凹的化身，看朱新建的《美人图》感觉画家的眼里除了这种"美人"之外，即便是画面角落里的一本书、一个花瓶、一个灯盏，都笼罩着一种掩饰不住的欲望。朱新建的《美人图》是"一意孤行"的，用他自己的话说，一个作家或是画家，永远不要考虑自己在艺术史上的地位，只能像蛤蟆一样，好好活，抓到蚊子吃蚊子，抓不到蚊子抓苍蝇，反正要有自己的活法，不要考虑结果，以自己喜欢的方式，做好这个工作就可以了。这也可以看成是朱新建对自己艺术创作的态度。

朱新建有本书书名就叫《决定快活》，看朱新建的这些文人画，可以想象，朱新建是一心要过自由自在的"快活生活"的，但好像就是在这本书出版不久，就听闻朱新建的身体出了毛病半身不遂，"快活"成了奢望。朱新建说，当年他画这些"女人"只是为了自己快乐，不想给别人看到。最早拿出来是在1985年，画家李世南到他这里来，他来的目的是为了1985年11月份在武汉要举办的一个中国画创新作品展，李世南是为了给画展找参展作品，朱新建拿给李世南看的是一些小幅的山水、花鸟。李世南说，这些画得不错，但听说你还画了好多女人，能不能拿出来看看。朱新建说，可以给你看，但是好像这些画不能展出。李世南说不一定，可以试试。于是，朱新建就拿了几幅裸体女人的画给李世南看。后来，这些画被李世南拿去说"试试"。

"李世南选了五幅，其中两张比较一般，女孩子穿衣服，但画得比较性感，他就把那两张脸朝外放，还有三张比较过分，基本上没穿衣服或衣服不整，他就把这三张装好以后，装作很无意地把玻璃朝着墙放，没有上墙，就跟领导说画都装好了，你们看一下，你们觉得行我们就挂了。有的镜框是背朝着他们，领导也懒得翻过来，觉得就那么回事，好，你们挂吧。"这些画展出之后引起了很大争议。朱新建说，当时周思聪指着他的那几张小画说，这几张画是她这么多年来看过的最好的中国画。结果这话让叶浅予听了很不高兴，叶浅予对周思聪说，你看看他都在画什么，你还说是你看过的最好的。"周思聪就吓到了，说，我没注意他画的是什么。她怎么可能没注意呢？然后叶浅予就大跳起来，到处去说，展览的名字叫中国画创新作品展，他说这哪里是创新，这是复辟，是封建糟粕，我们继承传统要取其精华，去其糟粕，这继承的恰恰是糟粕。周思聪吓得不敢说话。"

这次画展之后，中国美术家协会的中国画艺委会还专门为朱新建召开过讨论会。其中一次的讨论会朱新建参加了，周思聪对朱新建说，能不能针对叶浅予先生对你的批评发表一下你自己的观点？对此，朱新建谈了三条：第一，对叶浅予先生的艺术成就他是很钦佩的，叶先生也是他很景仰的前辈艺术家，他之所以能到今天，其实跟叶先生有很大关系，叶浅予的很多速写他可以画得一模一样，他个人在叶浅予身上下过很多功夫，叶浅予速写画得非常好，对女人的造型很有研究，画得很好，可以说叶浅予肯定是他基本造型因素里很重要的一部分，他画成今天这样，也是学了叶浅予不少东西；第二，像叶浅予这样的前辈艺术家，能对他们这些后生晚辈的作品这么关注，他表示感谢；第三，叶浅予的知识结构、时代背景等很多东西，跟他的都不一样，所以他和叶浅予先生的价值观、趣味等也会不尽相同，这种不尽相同，他希望这些作为领导的人能够容忍。

朱新建的"颓废"体现在他的画上，读他的文章却并不颓废，相反，越是读他的文章，越觉得在《美人图》之外的朱新建，其实是非常不颓废的。出生于1953年2月的朱新建，在2014年2月病逝，刚刚六十出头。在他去世一年后，他的儿子朱砂为他编辑整理出版了一本书

《打回原形》（广西师范大学出版社 2015 年初版），这本书也可以看成朱新建的谈艺录，也正是在这本书里，我读到了朱新建谈自己的美人图的由来和当年引起的事端。

朱新建说，对他的艺术影响很大的是齐白石，因为齐白石的作品中天性的东西比较多，宋画中一些工笔画被他变成写意的画出来。"我的作品里有齐白石和青藤的痕迹，再加上西方涂鸦，就成了这种风格。"这或许就是朱新建的"美人图"的艺术底蕴吧。

沈从文的"驯服"

　　《从文家书》中的一段话一直让我耿耿于怀，这话出自沈从文 1956 年 10 月 10 日他从济南写给夫人张兆和的家书中。其时他正以北京历史博物馆的文物工作者身份来山东博物馆出差，在家书中他说，上午到了师范学院，正值午课散学，千百学生拥挤着出门上饭堂，他们在这些年轻人中间挤来挤去，没有一个人认识。沈感慨若是学生们听说是巴金，大概用不了半小时，就会传遍了全校。接下来沈先生说了那段让我耿耿于怀的话：

我想我还是在他们中挤来挤去好一些，没有人知道我是干什么的，我自己倒知道。如到人都知道我，我大致就快到不知道自己究竟是干什么的了。

　　1949 年后，沈从文告别了文学写作，改行从事文物工作，他的一生也就分成了两截：前半生是作家，后半生是文物专家。关于他的放弃文学转业文物，汪曾祺先生在《沈从文转业之谜》一文里对沈先生的搁笔有透彻深入的分析，并也说了沈先生对于写作也不是一下就死了心的：一个人写了三十年小说，总不会彻底忘情，有时是会感到手痒的。这在沈从文写给他的信中也时有流露，而在沈从文写给夫人的家书中更对自己的文学创作充满着自信并对不能再从事创作心犹不甘，比如他 1956 年 12 月 10 日在长沙写给夫人的信中说：

　　　　我每晚除看《三里湾》也看看《湘行散记》，觉得《湘行散记》作者究竟还是一个会写文章的作者。这么一只好手笔，听他隐姓埋名，真不是个办法。

但是用什么办法就会让他再来舞动手中一支笔？简直是一个谜，不大好猜。可惜可惜！

接着，沈从文提到了历史上迁来徙去终于死去的曹子建和干脆穷死的曹雪芹，这两人都只活了四十多岁，与他们相比，"《湘行散记》的作者真是幸运，年逾半百，犹精神健壮，"沈从文的自信和无奈在家书里表达得痛快淋漓。一个写出了《湘行散记》、《湘西》、《边城》、《长河》和《从文自传》的作家，是有理由和资本来感叹自己"这么一只好手笔，听他隐姓埋名，真不是个办法"。

其实改行后的沈从文并非躲进文物工作的寂寞园地里心静如水与世无争，他的某些文物"同行"（尤其是某些领导）对待这个"半路出家"的作家也并非友善相处，沈从文于1983年曾写过一篇未完成的作品《无从驯服的斑马》，对自己后半生三十多年的文物工作和感受做了回顾和剖析，沈从文自言自己应对任何困难一贯是沉默接受，既不灰心丧气，也不呻吟哀叹，体质上虽然相当脆弱，性情上却随和中见板质，作为一个经过令人

难以设想的过来人之所以能依然活下来，正是因了这种
"乡下人"的性格，"近于'顽固不化'的无从驯服的斑
马。""无从驯服的斑马"是沈从文的自喻，也是他晚年夫
子自道的流露，即使在文物研究上，他所关注的也是为
"正统专家学人始终不屑过问的"坛坛罐罐花花朵朵，他
将自己比喻为旧北京收拾破衣烂衫的老乞婆，但他从过
眼经手的这些坛坛罐罐花花朵朵中却弄明白了它们的时
代特征和在发展中相互影响的联系。

晚年的沈从文记忆仍深刻并觉得"十分有趣"的一
件事是 50 年代的某一年，时逢全国博物馆工作会议在
京召开，沈从文所在的历史博物馆中的几位"聪明过人
的同事"精心举行了一个"内部浪费展览会"，其用意
在使沈从文这个"文物外行"丢脸，但让这些"聪明同
事"料想不到的是沈从文反而格外开心。沈从文亲自陪
着好几个外省来的同行参观这些所谓的文物"废品"（这
些"废品"其实都是由沈从文搜集买来的宝贝），外省同
行看后只是笑笑，无一个人说长道短，比如有一柜陈列
的是一整匹暗花绫子，机头上织有"河间府织造"几个

方方正正宋体字……收入计价 4 元整，"亏得主持这个废品展览的同事，想得真周到，还不忘把原价写在一个卡片上。"外省同行看了仍只是笑笑，沈从文的上司因为沈在旁边不声不响也奉陪笑笑，沈从文说他当然更特别高兴同样笑笑，彼此笑的原因自然各不相同，虽时隔多年，沈从文感慨地说，他写了三十多年的小说，想用文字来描写当时的情景仍感到无法着手。这个值 4 元的整匹花绫当成"废品"展览，究竟丢谁的脸？让沈从文感慨的是这些"聪明的同事"竟然联想不到"河间府"在汉代就是河北一个著名的丝绸产地，南北朝以来还始终有大生产……

　　在沈从文看来这次"文物废品展"的本意是想使他感到羞愤而自动离开历史博物馆，但出乎大家意料，就是他丝毫不觉得难受，虽有其他"转业"机会，却都不加考虑就放弃了，对他来说，文物这一行不仅是他后半生安身立命的所在，更是一个永远也不会毕业的学校。对于一匹"无从驯服的斑马"，这儿也是纵横驰骋的原野，日积月累，便有了皇皇巨著《中国古代服饰研究》，

242

才有了在身后结集的《花花朵朵坛坛罐罐——沈从文文物与艺术文集》。

沈从文在"文化大革命"中的一次检查稿（《我为什么始终不离开历史博物馆》1968年12月，沈虎雏1992年2月整理）可以看做是沈从文在特定年代对自己从事文物工作的自我剖析，其中提到他改行后的生活处境尤其是与昔日的文学界朋友相比有天壤之别，可以说表达了沈从文的真实感受：

　　从生活表面看来……什么都说不上了。因为如和一般旧日同行比较，不仅过去老友如丁玲，简直如天上人，即茅盾、郑振铎、巴金、老舍，都正是赫赫烜烜，十分活跃，出国飞来飞去，当时大宾。当时的我呢，天不亮即出门，在北新桥买个烤白薯暖手，坐电车到天安门时，门还不开，即坐下来看天空星月，开了门再进去。晚上回家，有时大雨，即披个破麻袋……

沈从文在这篇检查稿中还提到1953年毛泽东在两次不同的场合下对沈从文的勉励：一次是毛主席来故宫午门参观全国文物展，问有些什么人在这里搞研究，答：有沈从文，等等。主席说："这也很好嘛……"（这话让沈从文铭记在心，即使血压到了230，心脏一天要痛两小时，还是想继续努力下去，把待完成的《丝绸简史》、《漆工艺史》、《陶瓷工艺史》、《金属加工简史》一一完成。）再一次是同年在北京怀仁堂举行的全国文代会第二次大会，沈从文参加了大会，毛主席和周总理接见了部分代表，其中有沈从文，由茅盾逐一介绍，到沈从文时，主席问过他年龄后，说："年纪还不老，再写几年小说吧……"但是，沈从文对自己有一清醒的认识，斟酌再三，还是没再回到文学创作的"旧业"上来。用汪曾祺的话说，沈从文从写小说到改治文物，失之东隅，收之桑榆，无所谓得失，就国家来说，失去一个作家，得到一个杰出的文物专家，也许是划得来的。但是从一个长远的文化史角度来看，就很值得我们深思。不过，从沈从文的转业又应该得出怎样的历史教训，汪曾祺先生没有说。

如果仅仅从沈从文的晚年回顾和他的亲友弟子的回忆来看（这些回忆文章大多收入了湖南文艺出版社1989年出版的《长河不尽流——怀念沈从文先生》一书中），沈从文的"乡下人"性格和对艺术的痴迷使他的确成了一匹"无从驯服的斑马"，比起他当初羡慕的那些当了"大宾"的旧同行和友人来说，沈从文的"后半截"其收获可以说硕果累累，尽管直到辞世也没能完成他计划好的《丝绸简史》、《漆工艺史》、《陶瓷工艺史》、《金属加工简史》等等学术著作。但若这样，也就"神话"了生活中真实的沈从文。"无从驯服的斑马"只能说明沈从文性格的一方面，而他的可"驯服"性也许更能说明沈从文"转业"的悲剧意义，譬如从1970年代沈从文与萧乾的决裂就可见一斑。

关于沈从文与萧乾这两位亦师亦友大半个世纪的老友在晚年断绝友谊一事曾是一个"谜"，在若干描写沈、萧两位先生的文章中对此事或是轻描淡写或是语焉不详，其实这一事件更能反映沈从文晚年的心路历程。这要感谢傅光明的"解谜"之劳了。傅光明的《萧乾与沈从文：从师生到陌路》（收入傅光明由中国文联出版社 2001 年出版的随笔集《书生本色》一书中）对此事做了详尽的剖析：1972 年，沈从文从湖北咸宁干校回到北京不久，萧乾去看他，见他一人住在一间房里，而夫人和孩子住在另一条胡同里，中间隔得很远，生活极不方便，就想通过朋友找到历史博物馆的领导，争取给沈从文一家解决住房上的困难。后来事情没有办成，萧乾很觉过意不去，就把事情经过告诉了沈夫人张兆和。不想沈从文得知此事后，极为不高兴，当即给萧写了一封措辞严厉的信，指责他多管闲事。有一天在路上，两人相遇，萧还想解释，沈劈头一句："你知不知道我正在申请入党？房子的事你少管，我的政治前途你负得了责吗？"为房子事，沈写了数封责骂萧的信，两人由此绝交。对此，傅光明剖析说，这时的沈从文早已被扭曲成政治的驯服工具。当然，那一代作家文人又何止是一个沈从文被不正常的意识形态所扭曲。

一匹无从驯服的斑马被扭曲成政治的驯服工具，这恐怕是沈从文人生"后半截"的最大悲哀，即便有皇皇巨著《中国古代服饰研究》矗立在沈从文这本大书的后半部上，但仍无法减弱他那一代作家文人被政治扭曲的历史悲剧性。

钱钟书的"两面"及其他

读 2004 年第二期《万象》杂志，李辉的一篇"故纸碎片"《看他们款款而行》记述了钱钟书写给黄裳的一封旧信，信中有钱先生写给黄裳的一副对联："遍求善本痴婆子，难得佳人甜姐儿。"信写于 1949 或 1950 年，这对联对于黄裳可称妙对，上联写出黄裳作为藏书家的"痴态"，下联道出黄裳年轻时追求"甜姐儿"明星黄宗英而不得的浪漫。文人轶事，用李辉的话说，早年轻春浪漫，已成老人怀旧情怀。接下来让李辉感叹的是与"妙对"携手相行的是钱钟书的谨慎，因黄裳是"报人"，钱先生叮嘱如有报道，"于弟乞稍留余地"，并注明他的一些时议要删掉——"如开会多，学生于文学少兴趣等语请略"。

在李辉看来，"几句小心翼翼的叮嘱，似非出自人们通常所说的傲视苍穹的天才。"何以如此呢，李辉加了一个"注解"，是他从与钱钟书在牛津大学时就相识的杨宪益那儿听来的，杨先生说：钱钟书先到西南联大，把人全得罪了，闹翻了，待不住了。钱钟书后来就和以前不一样了，取了个号叫默存。也就是默默地还能够存在。后来他就比较好了，锋芒也不像年轻时那样毕露。

这一期《万象》上另有三篇关于钱钟书的文章，其中《容安馆品藻录·俞平伯》一文像是对李辉"故纸碎片"的"接力"，能让我们看到更完整的钱先生。俞平伯是钱钟书的师辈，1953 年后两人同时被分配到文学研究所做研究员，在钱钟书身后整理出版的手札里，谈到俞平伯时，有如此评价："平伯诗学甚浅。"至于俞平伯的"红学"研究，钱钟书更是不以为然，批曰："痴人认真，死在句下，便成笨伯，正像读书少，执一隅而不能观会

249

通耳。俞曲园不肖孙辈之考订小说本事，即'痴人前说不得梦'，尤说不得《红楼梦》也。"手札"里的钱钟书自然属于傲视苍穹的天才，但生活中的钱先生绝非如此，譬如周策纵先生亲眼看见钱钟书一见俞平伯就像日本人那样深深一鞠躬，叫声老师。而不知底细的人更会觉得钱先生"对于俞平伯老人的广博常识和道德文章出自内心地赞许"。由此，一个很会"作人"或说"两面"的钱钟书便完整起来。

如果只了解"一面"的钱钟书自然是片面的，就像一枚硬币的两面，尽管图案不同，但价值是一致的。从钱先生的两面，我想说的是最近翻览的一部书《文人的另一面》（广西师大出版社2004年版）。从该书作者简介中得知，作者温梓川（1911—1986）生于马来西亚槟榔屿，早年曾先后就读于广州中山大学和上海暨南大学，以诗歌、小说、散文小品等创作在30年代的沪上文坛崭露头角，并结交当时的文坛名流，如当时在暨南大学讲课的就有夏丏尊、曹聚仁、梁实秋、叶公超、傅斯年、沈从文、汪静之、梁遇春和洪深等等，而他毕业回到南洋后还编辑过几家报纸的文艺副刊，与中国文坛一直保持着联系。《文人的另一面》就是他撰写的文坛回忆录。温梓川笔下的师友，既不是一味褒扬，也不是一味嘲讽，而是通过自己亲身接触和感受，描绘出其真实的一面——

譬如叶公超。温先生回忆说，在暨南大学担任西洋文学系主任的叶公超好打桥牌，如果打了一夜牌，则上课照例不讲书，只叫同学口试，或听同学读一章节。注重发音的叶公超对学生发音不准，即使是女同学，亦直言斥讽，"那被骂的女同学也常常直立以巾掩面，"在学生们眼里，肝火旺盛的叶公超尤好考据，一堂五十分钟的课，能为了一个字引经据典而耗去。叶公超早年在天津南开中学读书时与周恩来不但是同级的同学，而且还是同宿舍同住一室。中学毕业后，叶公超赴美进入哈佛大学攻读英国文学，获硕士后又转英国进了剑桥大学作研究生。与叶公超相比，周恩来后来到法国则是勤工俭学。两人的道路也是渐行渐远，但有一点相似，最后走的都是从政的道路，一个由大学教授到国民党政府的外交部长，一个由地下革命者到新中国的国务院总理，并非如温梓川的感慨"造化弄人"，而是由各自不同的人生追求和价值观念所决定的。"为中华之崛起而读书，"早在南开中学同住一室的少年时代，人生的不同其实就已经决定了。

唐弢的记忆与书话

　　唐弢的《晦庵书话》很为我所喜爱，也给我极深的影响。因此当我看到他的《晦庵随笔》(浙江文艺出版社 1996 年第一版) 后，便手不释卷翻阅起来。其实这只是一本小册子，但封面色调和用纸都颇为讲究。通览一遍，感觉是他的《回忆·书简·散记》(上海文艺出版社 1979 年第一版) 一书的"续篇"。有多篇谈的依然是鲁迅先生，尤其是关于鲁迅全集的编纂和保护鲁迅先生的藏书轶事，读来耐人寻味。其中有一篇"历史不能背离事实"引我兴致。这篇随笔写于 1981 年春天，从一张照片谈起，这就是 1933 年 2 月 17 日英国作家萧伯纳来上海时，在上海中山故居大门前照的七人合影。这张照片是 1950 年唐弢在老《申报》资料室查阅资料时发现的，七人照片除萧伯纳外，还有两位外国人——史沫特莱和伊罗生，再就是宋庆龄、蔡元培、鲁迅和林语堂。这张照片原想陈列在刚建立的鲁迅纪念馆里，但在当时，鲁迅和林语堂"站"在同一张照片上，在"参观者"眼里，这是对鲁迅先生的"污辱"。这样，在中山故居欢迎萧伯纳的七人合影，当时不仅无法在鲁迅纪念馆陈列，"最后异想天开，甚至被修剪成只有五个人的照相，使人手足无措，啼笑皆非。"这张照片在"搁置"了三十年，更远一点说，"沉没"了五十年后才重新面世。这张照片已收在人民文学出版社于 80 年代初出版的十六卷本《鲁迅全集》的第五卷里。在唐弢出版于 1979 年的《回忆·书简·散记》一书中也收了这张合影，但书中没有关于这张照片的文章。若当时没有唐弢先生的"添印和保存"，还能还本来面目吗。唐弢先生在文末感叹"历史不能背离事实——这个教训对我们来说已经太多太多了，决不仅仅是一张照相的问题。"读到这里，我不由又想到与这张照片有关的事来，也是关于当年上海文化人欢迎萧伯纳的。

这件事也是从读一本书得来，这就是贾植芳的《狱里狱外》（上海远东出版社 1995 年第一版）。对于这位胡风的挚友，李辉在他的《人生扫描》（上海远东出版社 1995 年第一版）中曾为贾植芳先生留下了浓重的一笔，我在买这本《狱里狱外》之前，先读过他翻译的《契诃夫手记》和几篇回忆胡风的文章，除此之外，再没读到过任何他的作品。但正是这本《狱里狱外》，使我心向往之。从唐弢谈及的这张照片，我想到贾先生在书中特意提起的一件事：他因"胡风集团"事而入狱中，在监狱中意外地曾与邵洵美同在一个牢房中。在"肃反"时因"历史反革命"而入狱的邵洵美对出狱感到渺茫甚至绝望时，曾托付"身体好"又比他年轻的贾植芳，待将来出狱后，一定要写一篇文章，替他说几句话，那样他也就"死而瞑目"了。第一件就是 1933 年萧伯纳来上海访问时，邵洵美作为世界笔会的中国秘书，负责接待工作，萧伯纳不吃荤，所以，以世界笔会中国分会的名义，在"功德林"摆了一桌素菜，而所花费用，则由邵洵美出钱支付。参加宴会的有蔡元培、宋庆龄、鲁迅、杨杏佛、林语堂和邵洵美。但当时上海的大小报纸的新闻报道中，却都没有邵洵美的名字，这使他"耿耿于怀"，希望贾植芳将来能在文章中为他声明一下，以纠正记载上的失误。还有一件，邵洵美说，他的文章实实在在是他自己写的，尽管写得不好，鲁迅先生在文章中说他是"捐班"，是花钱雇人代写的，这真是天大的误会。"我敬佩鲁迅先生，但对他轻信流言又感到遗憾！这点也拜托你代为说明一下才好……"

其实在鲁迅关于萧伯纳来上海的文章中，曾写到了诗人邵洵美，这在鲁迅先生的《看萧和"看萧的人们"记》一文中。鲁迅在这篇文章中详细记述了萧伯纳在上海的活动，这就是1933年2月17日的看萧和"看萧的人们"。根据鲁迅的记载，午饭是在孙夫人家里，"午餐一完，照了三张相。"这便是唐弢先生所说的七个人的合影。下午两点，因"笔会"有欢迎，便到了"世界书院"。在萧演说和问答后，便是"将赠品送给萧的仪式。这是有着美男子之誉的邵洵美君拿上去的，是泥土做的戏子的脸谱的小模型，收在一个盒子里……"鲁迅记完这些后写道，"三点光景便又回到孙夫人的家里来。"后来，大约四点半钟，鲁迅回到内山书店。在文章中并没有写到"功德林"的那一桌素菜。如果邵洵美说得不错，那这一桌素菜或许是晚餐或是在第二天，但最迟不能晚于 20 日。出于好奇，我查索了一下《鲁迅全集》中的《南腔北调集》，内收有关于萧的三篇文章，从"注释"中知道萧当时乘船周游世界，于 2 月 17 日到达上海，而在 2 月 20 日就由上海到当时的北平。但鲁迅的"看萧和'看萧的人们'记"一文文末记的日期是"一九三三年二月二十三夜"。那么他之没写"这一桌素菜"或许是感到没必要吧。若写上一笔，也就不会使得邵洵美"耿耿于怀"了。

鲁迅先生在文中还写道：我对于萧，什么都没有问；萧对于我，也什么都没有问。在唐弢先生的随笔中，有这样一段描述：那天萧伯纳的确很少发言，和鲁迅几乎没有机会对谈。只有照相的时候，萧伯纳回过头去望着鲁迅，说：

"人家说你是中国的高尔基，我看你比高尔基漂亮！"

"我更老时，将更漂亮！"鲁迅回答。

唐弢接着写道："这是我们现在知道的一段仅有的对话。"但他没有写这段对话是根据谁的"回忆"而来。有一点是确知的，这就是当时唐弢先生并不在场。

在我的夜读感受中，常有这种因一本书或一篇文章而引起相关书籍和文章的联想和比较，从唐弢的这篇随笔，竟想到了这些，也是如此。正如鲁迅先生当年所写，"在同一的时候，同一的地方，听着同一的话，写了出来的记事，却是各不相同的。"何况多年之后的回忆呢。的确，对待历史是不能背离事实的，但有时候，即使我们真诚地去探求事实时，事实却如雾中看花，朦胧模糊得很。不由又想到数年前翻阅《中国大百科全书·外国文学卷》时，面对着"伯纳·萧"这个名字竟然一阵陌生，这是谁啊？愣一会才回过神来，因为我已习惯了萧伯纳这个译名。这就是脑海中的印象和习惯啊。

唐弢先生晚年曾写下这样的诗句："平生不见黄金屋，灯下窗前长自足。购得清河一卷书，古人与我话衷曲。"实在道尽一生爱书买书读书的滋味，书中并未有黄金屋，但书坊携书归来，灯下窗前，一卷展开，与古人意会神交，沉醉其中的是爱书人充溢于心的乐趣。这其实也是爱书人所向往的境界和生活。对于爱书人来说唐弢是一个榜样，确切说更像一座丰碑，诉说着一生爱书的故事。一连几个晚上，我在翻览着一部厚实的"白皮书"，这就是中国现代文学馆编印的《唐弢藏书目录》。尽管这部藏书目录编印得过于简单，就像一棵大树，剪除了繁茂的树叶，只留下了光秃秃的枝干，但透过一行行书名、作者、版次、出版年代和备注的"签名本"或"毛口本"这些冷冰冰的记录，仍能想象出那个时代的文学烟云和风流人物的片断风景。

舒乙在《唐弢藏书目录》的序言里介绍，巴金老人曾对他们说，一定要想办法把唐弢先生的藏书保存在中国现代文学馆，因为有了唐弢先生的书就有了中国现代文学馆的一半资料。这也道出了唐弢藏书的性质和规模。在中国现代文学馆，"唐弢文库"无疑是支撑"馆舍"的栋梁。"唐弢文库"计有藏品4.3万件，其中图书2.63万件，杂志1.67万件。仅仅从数量上并不能说明唐弢藏书的含金量，再结合其内容才能理解巴金先生的评价，唐弢藏书特点在四：一是杂志，二是初版本，三是毛边本，四是孤本、稀本和绝版书。照舒乙的说法，一般的大图书馆收藏我国20世纪前50年新文学杂志不过六七百种，总计也不过千余种，而唐弢一人就收藏了近千种。20世纪的中国历经战乱、革命和频繁的政治运动，许多现代文学的初版本已荡然无存，如郭沫若1921年出版的第一本诗集《女神》，现在能找到的初版本只有三本，而唐弢先生所收藏的该种初版本还是更难得的毛边书。毛边书是鲁迅先生特别喜欢的一种书籍装订形式，他的许多著作出版时总要特意留下一些不切边的"毛边本"，并自称"毛边党"，一册在手，边看边裁，乐在其中，也是一种文人情趣。唐弢先生也属于"毛边党",尤其是他所收藏的三四十年代的毛边书达到了千种之多。

　　抛开唐弢藏书的价值不谈,唐弢与书的故事对于时下的爱书人来说也有着"灯盏"的作用——唐先生晚年仍淘书不止,他的一位弟子一次在旧书店里遇到了唐先生,顺口说了句:你又在挑书啊。唐先生答:先买下来以后慢慢看。其实,对于年高体弱的唐先生来说,"以后慢慢看"的可能性已没有多少了。还有一回,唐先生的小儿子从家里出来走到街口,发现父亲坐在马路牙子上喘息,腿旁放着两大捆书。原来唐先生去书店买了两大捆书,从公共汽车上下车后,一手提一捆,走得累了,便将手杖当扁担,扛在肩上,一头挑一捆书,眼看快到家门口了,咔嚓一声手杖折了,他只好坐在马路牙子上,正在无奈中。从这几则轶事里一位终生爱书、访书、买书和读书的老人像是从"传说"里走出来,他的身影分明就在我们常逛的小书店里。

　　晚年的唐弢有一个心结没有释怀,这就是他一直想为鲁迅写一本完整的传记。李辉说他第一次去访问唐弢是在1982年(《笔墨碎片》，李辉著，安徽教育出版社2007年版)，唐弢告诉他接下来要用三年的时间完成鲁迅传记；李辉最后一次见唐弢是在90年代中期，唐弢还没有完成要写的这本鲁迅传记，唐弢说还想写。唐弢去世后，李辉在中国现代文学馆，"徜徉于唐弢摩挲多次的珍本之间，想到逝去的那个慈祥的老人，"李辉感叹：若唐弢在晚年把主要精力放在整理他的藏书上，再多写一些"晦庵书话"，进而能写一本详尽叙述现代版本演变之类的专著，是别人也无法去取代的工作。可惜，他没有做。

"寒夜一芯火，晴窗万卷书。"这是唐弢写给中华书局的赞词，我觉得他所描述的"意境"也是他自己心灵的写照，也道出了爱书人省衣节食堆叠"书城"的衷肠。对比着《唐弢藏书目录》，已被喻为现代"书话经典"之作的《晦庵书话》便显得"轻薄"了许多，与"现实"的结合也"功利"了许多，也应验了那句"存在决定意识"，逐利避害本是人之常情，超越生活环境谈何容易，时代的烙印更深地留在了唐弢的"书话"上。不过，两

262

相对照，唐弢的"面目"却生动丰富起来。如果说他的收藏为 20 世纪留下了中国"新文学"的风貌，他自己一生的"行状"则为 20 世纪留下了一个追求进步的知识分子的"注释"。

阅读何其芳

在 1980 年代初，有两本薄薄的小书，给我带来许多青春的幻梦，这就是何其芳的《预言》和《画梦录》。

《画梦录》，正文八十余页，薄薄的一册，广东人民出版社 1981 年 4 月初版。定价三角一分。

《预言》，上海文艺出版社 1982 年 12 月新一版。定价是三角四分。正文也是八十余页，印数是一万七千册。现在看看这个印数，一本诗集，在 1980 年代初，居然初版印刷就是一万七千册，今天再看，犹如天方夜谭。此诗集的封面设计是章西厓，属于现代文人一辈。封面底色是草绿色，用线条勾勒出的两枚叠加的枫叶衬托出一只飞翔的鸽子，整个图案连接在一起构成一个整体，很有装饰效果。

这本诗集的开头，已足够一个刚走出中学校园的青年的幻想和陶醉了。"无希望的爱恋是温柔的／我害着更温柔的怀念病／自从你遗下明珠似的声音／触惊到我忧郁的思想。"不是我喜欢上了这些诗句，是这些诗句恰好道出了我那时候的"怀念病"，怀念什么呢？其实是为了"怀念"而怀念吧。再如《脚步》：

> 你的脚步常低响在我的记忆中，
>
> 在我深思的心上踏起甜蜜的凄动，
>
> 有如虚阁悬琴，久失去了亲切的手指，
>
> 黄昏风过，弦弦犹颤着昔日的声息，
>
> 又如白杨的落叶飘在屋檐的荒郊，
>
> 片片互递的叹息犹是树上的萧萧。
>
> 呵，那是江南的秋夜！
>
> 深秋正梦得酣熟，

而又清澈，脆薄，如不胜你低抑之脚步！

你是怎样悄悄地扶上曲折的阑干，

怎样轻捷地跑来，楼上一灯守着夜寒，

带着幼稚的欢欣给我一张稿纸，

喊着你的新词，

那第一夜你知道我写诗！

这两本小书都是何其芳的青春之作。1938年，何其芳去了延安，用他自己的话说，他从画梦中醒来，从此，他把自己当做一个兵士，准备打一辈子的仗。来到延安之后的何其芳，写作风格和文章内容都与之前判若两人。尤其是1942年春天之后，用何其芳自己的话说，有许多比写诗更重要的事要去做，而其中最主要的是从一些具体问题与具体工作去学习理论，参加讨论与改造自己……

后来，我还买过一本《何其芳诗稿》，是他从1950年代一直到晚年的诗歌作品，但读起来已经全然没有了《预言》时期的诗意。

对于何其芳从诗人到战士的判若两人的变化，有一本书对此有角度独特的探寻，这就是《没有声音的地方就是寂寞》。

《没有声音的地方就是寂寞》副标题是"诗人何其芳的一生"。也就点出了此书的性质：一本关于诗人何其芳的传记。作者是宇田礼，译者解莉莉，根据 1994 年日文版翻译，社会科学文献出版社 2010 年 9 月出版，32 开本，350 余页，定价 39 元。

与常见的传记不同，此书更像是一本作者的访谈记录，作者在 1980 年代从北京到四川，沿着何其芳的足迹，寻访何其芳的同时代人，从何其芳的夫人、同事、学生和研究者的叙述里，再解读着诗人自己的作品，辨析着诗人往昔的踪影，探寻着何其芳如何从《画梦录》里的年轻的抒情诗人，转变成一个红色旗帜下的战士，尤其是诗人在 1949 年新中国成立后的命运，并从诗人晚年的遭际里，解读何其芳内心深处的诗人的底色。"没有声音的地方就是寂寞"，这是何其芳的诗句，也是作者拿来打开何其芳心灵之门的一把钥匙。

从 1950 年代起，何其芳作为中科院文学研究所（即"文革"后的中国社科院文学所）的领导人，担负着文学研究"国家队"的领导工作，已经与 1938 年去延安之前的青年诗人和散文作家完全不同。作为从延安出来的文人，何其芳是作为新中国文学艺术研究领域的具体领导者而存在的，许多同时代人或后人在回忆他的文章中，详细列举一些具体事例以描绘他的人格磊落和处事公平一碗水端平的作风，如文学所的第一次教授评级评薪，就是何其芳一人给俞平伯、卞之琳、王伯祥、钱钟书等——评定了薪级，但何其芳并没给自己评定"一级"。

毋庸讳言，何其芳在 1950 年代也是一位始终观点"正确"的批评家，如 1959 年人民文学出版社给他出版的《没有批评就不能前进》，收录了自 1953 年到 1958 年他的一系列批判文章，尤其是批判"右派"的文章，如对丁玲、冯雪峰的批判等。

1961 年早春在北京，一位领导人看到何其芳时曾说："你比在延安的时候，书生气好像少了一些。"当年在延安，他曾如此评价何其芳："你的特性偏于柳树性，缺少松树性，原则性不强。"

当然，"文革"时期何其芳的遭遇可想而知，在"干校"时何其芳被安排养猪，后来他还写过一首关于养猪的"歌"。

何其芳五十九岁时，在一封信里说，他觉得他的真正的写作还没有开始，以前所有他写的文字都不过是练习，是准备。显然晚年的何其芳钟情的还是文学和写作。

1975 年底，何其芳的身份和地位得到恢复，又成为文学所的所长。该书里记录了何其芳一位年轻同事的回忆："文革"前，商量事情一般是在所长室里进行，而刚恢复所长职务后的一段时间里，每天都是何其芳自己到各研究室的房间里去找人……

1976 年 10 月以后，何其芳开始写长篇自传小说。写一部自传体的长篇小说，是何其芳的心愿，但他一直没能完成。1977 年 7 月 24 日，何其芳在北京去世，终年六十五岁。

1979 年 4 月，上海文艺出版社出版了《何其芳诗稿》，初版印数十万册，32 开本，内文 154 页，每册定价四角八分。这个印数在今天是不可想象的。这本诗集收入何其芳诗稿81首，也是他1952年至1977年主要诗歌作品的结集，共分两部分：新诗和旧体诗。新诗最有代表性的就是他写于1976年9月12日的长诗《深深的哀悼——献给伟大的领袖和导师毛泽东》，还有写于1976年11月20日夜至21日晨的《我控诉》，这也是一首长诗，副题"《深深地哀悼》续篇"。这两首长诗一首写于毛泽东刚去世不久，一首写于"四人帮"被抓起来之后。1976年1月初，何其芳还写了四首古体诗"欢呼毛主席《词二首》的发表"，其最后一首如下：

四编经典开天地，一卷歌诗驱电雷。

蓬雀安知鸿鹄志，神州自富栋梁材。

人间奇迹花争放，国际悲歌鼓吹催。

皓日当空光灿烂，笑他妖雾百回来。

何其芳在诗后自注此诗第六句是取《国际歌》最

后"英特纳雄耐尔一定要实现之意"。今天的年轻读者恐怕不了解"四编"和"一卷歌诗"的含义，对我这样在1976年刚过十岁的当年的"红小兵"来说，却记忆犹新：四卷本《毛泽东选集》和《毛主席诗词》一册。

萧乾的回忆

　　浙江文艺出版社在萧乾先生九十华诞前推出了十卷本的《萧乾文集》，尽管我已有了萧乾的几种主要著作，心底仍涌上买这部《文集》的欲望，明知道买回来也不可能一一细读，最多拣着部分篇章随便翻翻而已。虽非藏书家，但对自己偏爱的作家作品却喜欢搜罗各种集子和版本，归拢到一起，看着大小不等装帧迥然的一排书脊，心情愉快得很，买书何必非要读呢。我给一位在该出版社当编辑的友人写信，请他为我代买一套《萧乾文集》。信发出没几天，便突然得到了萧乾先生逝世的消息，心里顿时像是被一件利器猛地刮了一下，疼挛起来。"萧乾"对于我，有着特殊的意义。在我初涉"文学"时，这个名字给我打开了一扇启迪心灵的窗口。

读高中一年级时，我买的第一本"大书"就是萧乾的作品，即《萧乾散文特写选》(人民文学出版社1980年第一版)。当时正做着文学梦的我，沉浸于写诗和看"闲书"。课本读着乏味，"闲书"让我沉醉。满纸写着也不知道哪儿来的忧郁和幻想。"闲书"多是攒钱逛书店买回来的。身上只要攒到一元钱左右，摁一摁口袋，便猴急着往书店跑。这点钱在那时足够买一本书。买书的标准有两条：诗集和散文集。一来这些书薄，大多在一元钱以下；二来觉着诗歌和散文才是文学，尤其是爱情诗和抒情散文。买这本大书纯粹因为书名里有"散文"。这么多年过去了，买这本书的情景依然记忆犹新：站在柜台前犹豫了半天，什么是散文"特写"？这个人是哪个年代的作家，怎么从来没听说过？萧后面的字应该念什么音？

这本大书的"代序"——"未带地图的旅人"在我眼前展现了一个新颖的文学世界，把我从"忧郁和幻想"中挣脱出来，仿佛身心承受了一次精神的洗礼，买书和读书兴趣也明显向后转，从当代的"抒情散文"转到现代文学。正是萧乾让我告别了杨朔、秦牧、刘白羽，走进了现代作家笔下丰富多彩的世界。与读巴金、徐志摩、沈从文的作品相比，我读萧乾是从他晚年的回忆开始的，除了这篇颇长的"未带地图的旅人"，还有一篇分量相似的长文——"一本褪色的相册"，即《萧乾短篇小说选》(人民文学出版社1982年第一版）的"代序"。他的这两篇追忆往事的散文，如同一条在草原上流趟的河流，舒缓，清澈，即使有伤感的水珠，也是含泪的微笑。引人追随着他的思绪抚摸着心灵上的伤痕，感叹岁月，反思历史。许多年过去了，我一直认为萧乾先生的这两篇散文，是我读过的"回忆"文章中最美的两篇。他的一生和作品，可以说都包含在这两篇"代序"的题目里了。

巴金先生说他30年代的朋友中有三个人才华超

过他，这三人是：沈从文、曹禺和萧乾。沈从文的主要文学作品几乎都创作于30年代，新中国成立后"改行"从事古代文物研究，晚年以一部《中国古代服饰研究》构成继文学创作之后的又一曲生命之歌。曹禺在三十岁前，他的主要话剧作品几乎已经完成了，譬如：《雷雨》和《日出》；到了晚年，黄永玉在给他的信中，说他以前曾是一片大海，而现在变成了一条小溪，这是指他的作品而言。曹禺先生本人更是陷入苦恼和自责中，这自然有着复杂的缘由。而萧乾到了晚年反而紧紧地拥抱住文学，这既得益于客观环境，也缘于他对文学的痴迷和人生的沧桑。萧乾晚年的写作和翻译迎来了文学生涯中的第二个高潮，他三四十年代的作品也重新为读者所关注，当然，他的那些作品本身亦有着生命力，譬如：他的《流民图》、《栗子》和《梦之谷》等。

从一个寄人篱下的孤儿，北新书局的学徒，《大公报》的副刊编辑，第二次世界大战西欧战场上的中国记者……到历尽沧桑、怡情悦性的晚年，萧乾回顾走过的历程："我的一生崎岖坎坷，然而心目中始终有所追求：把人生当作采访的对象和场地；我要的是去体验那光怪陆离的大千世界！我要采访人生。"他无疑是一位为人生的记者和作家，更是一位钟情于艺术的诗人和作家。他留给我们的既有昨天浪迹天涯的人生采访，也有今天追忆人生的思索感怀。他的人生和作品已超越了文学本身。

萧乾先生晚年的一个重要文学贡献就是和夫人文洁若合译了爱尔兰作家乔伊斯的长篇小说《尤利西斯》(译林出版社 1994 年第一版)。那一年是我国读书界的"尤利西斯年"，中央电视台就这本书的翻译出版对萧乾夫妇做了专题采访。比萧乾先生夫妇的译本稍早出现的是人民文学出版社推出的金隄先生的译本。萧译和金译起初都没有出齐，金译分上下两卷，早早地先出了上卷；萧译紧随其后出了上卷和中卷，很快又出了下卷，接着又有三卷合套的再版本。金译的下卷隔了颇久日子，才在坊间看到。我无意比较这两个译本译文之间的优劣，只是想说明同一部外国经典文学作品，不同的译本，对于一般读者，并非皆是先入为主。拿我来说，迟后出版的萧译比金译更容易阅读一些，也比较符合阅读的习惯。这恐怕不能简单地归结于萧乾先生的名气比金先生的大。其实，金先生还是研究《尤利西斯》的专家。

像《尤利西斯》这样的"天书"，对"文学青年"来说，自然是先睹为快。金先生翻译的上卷一面世，我便读到了，然而硬着头皮也没能啃下来，这缘由在于不习惯金先生的"直译"。后来见到了萧先生的译本，先看第一章，阅读起来就流畅多了，也有流畅不起来的地方，因为要不断地翻看这一章后面的注释。尽管读起来麻烦，但还是耐着性子啃，就像蚂蚁搬山，不断地告诫自己：这是英文小说中影响最大的一部书。小说文字上虽晦涩难啃，若静下心来读进去，还是有章可循的。读了一遍以后，才开始渐渐入门。没有故事情节的小说，也能反映复杂而真实的人生状况和社会景象。《尤利西斯》开了"意识流"小说的先河。

早在1929年，还在燕京大学读书的萧乾从杨振声先生开的"现代文学"课上，第一次听到英国文学界出了个叛逆者乔伊斯。在萧乾心目中，乔伊斯是个有见地、有勇气的作家。直到1939年秋，萧乾去英国伦敦大学教书时才买到了刚开禁不久的《尤利西斯》，他花了好大力气才勉强把它读完。1945年初，萧乾曾专程前往苏黎世踏访乔伊斯的坟墓，凭吊之余，他在《瑞士之行》中写道："这里躺着世界文学界一大叛徒。他使用自己的天才和学识向极峰探险，也可以说是浪费了一份禀赋去走死胡同。究竟是哪一样，本世纪恐难下断语。"半个世纪后，当萧乾决定动手翻译这部小说时，他又同1949年被带回北京后来因换了主人才逃过劫难的这部小说重逢了。打开小说封皮，他的笔迹依然历历在目："天书／弟子萧乾虔读／一九四〇年初夏，剑桥"。萧乾在当时给胡适的信中说，他正与一爱尔兰青年合读这本小说，如有人翻译成汉语，"对我国创作技巧势必大有影响，惜不是一件轻易的工作。"尽管萧乾的小说观念和乔伊斯的不同，但他仍认为乔伊斯的小说对我国的文学创作有借鉴作用。过了半个世纪，萧乾之所以和夫人翻译这部"天书"，与他仍然相信这部小说会对我国的小说创作界有所启发有关。

乔伊斯在写作这部小说时，特意写得文字生僻古奥，内容艰深晦涩，人物扑朔迷离，用作者本人的话说："这就是确保不朽的唯一途径。"这话虽然是调侃，但却表达了作者的创作心态。与原作者的心态相反，萧乾和夫人翻译的目标是：尽管原作艰涩难懂，但他们尽最大努力使译文流畅，口语化，尤其是对某些过分"意识流"的段落，他们也尽可能照顾到汉语读者的阅读习惯，再就是对全书加了必不可少的注释。萧乾本人读书时就讨厌翻来覆去地看注释，认为这是对阅读的干扰。我读外国翻译小说，也是不喜欢翻注释，一般看到注释就跳过去，但对《尤利西斯》若不看每章后面的注释，恐怕真是在读"天书"了。

萧译《尤利西斯》出版后，有一天在办公室里，一位先生说：昨晚看电视，一个小老头真不容易，花了几年时间，和老伴翻译了一部看不懂的小说，墙上桌上到处贴满了小纸条，全是词汇，也不知道这是本写什么的书，看着都替他犯愁。说这话的先生曾在英国剑桥大学待过两年，从事自然科学研究，是一位专业出色的学者，他没听说过乔伊斯的小说《尤利西斯》，更不知道半个世纪前也在剑桥大学做过学问的萧乾。

黄裳与"银鱼"

　　那天上街时意外地从一家小书店里淘得两册吴组缃老先生的"旧"书，一散文集《拾荒集》，一文艺论评集《苑外集》，皆印制精美，是北京大学出版社前些年的出品。翻遍书底书内版权页，见不到标价多少。正疑惑间，照料书店的老妇人接过去看看脸上爬满了蹊跷，猛然想起在里面记着价钱。她取下硬皮外的护封，原来在那内里记着价钱，是书店老板用圆珠笔写在上面的。价钱肯定比原来贵了许多，但一想这两册书若在今天出版，那价钱又要高出许多。于是便如拣了便宜般买了下来。

归家后把两册书放在书桌的书堆上，细细地品着，沉浸在无法言喻的兴奋中。目光又不由地落到书橱内的两卷书上，那是由吴组缃先生作序的《中国现代新文学大系》(1927—1937)散文卷。从新买回的书联系到家中相关的旧藏，这个中滋味怎说得清？也是买书一乐吧。于是便起身打开书橱门，取了出来。这两卷书并不是同时同地买得，正如藏书家黄裳所说每部书的买得都有一段故事，因书而起了一点心情的涟漪。将这两卷书也放在了书桌上，我知道我会在自己营造的氛围中品赏着读书的乐趣。又想到那书封内的圆珠笔痕迹，很为这种污损感到一丝不快。仿佛为赶走这种不愉快的心情，顺手取过一卷《新文学大系》散文卷来，在手中把玩着，扉页上题着一句话："1992年自海上归来购于青岛"。心中感到一沉，这书也变得沉甸甸的。不由地又合上书，取下了硬皮外的白色底的塑皮护面，里面的硬皮包贴着一种粗织的浅灰色布面，猛然，我在那护面内里看到了一只两分长的银白色小虫。啊，我一愣，接着，又赶紧检查硬皮书面，在书皮的折痕线上有一道沟，对应着护皮内面上那银白色小虫的地方，也有一只小虫，但再仔细一瞧，那只是一个银白色的虫壳。"银鱼"，我脱口而出。没想到"藏书"十多年来，第一次见识了"仰慕"已久的"银鱼"。细细一想，从知道银鱼到今天相见也有近十年了。

知道"银鱼"是从一本旧书上。那是在多年前的一次"青岛暑期图书博览会"上，在一个降价书"大棚"里，我"淘"到许多好书，其实有许多是我想买而一直没见到的书。其中有两本谈书的书很使我兴奋，这就是三联书店出版的孙犁的《书林秋草》和黄裳的《银鱼集》。《书林秋草》这个书名好理解，《银鱼集》是什么意思呢？从黄裳先生的"后记"中这才知道，原来黄裳先生在拟书名的时候，感到能够想出来的嵌进一个"书"字的书名恐怕已为他人用尽了，于是黄裳老先生自称用了"偷懒讨巧"的办法：

　　古时读书人对蛀食书籍的小虫抱着复杂的感情。一方面是痛恨，但另一面也很美慕。据说有的虫三次吃掉了书页里的"神仙"字样，自己也就化为神仙，这就是"脉望"。真是值得羡慕的虫子。明赵清常就把他的书斋名为"脉望馆"。但这名目太冷僻了，要查字典才能知道，对读者很不方便，现在就使之化为"银鱼"。这并非"学名"，想查也查不到。但前人是用过的，记得在什么人的题跋里就看到过"银鱼乱走"的句子。这"乱走"的实况我也常常见到。

在黄裳先生的笔下，"银鱼"是"可爱"的，他写道："有时打开一本旧书，会忽地发现一条两三分长的银灰色的细长小虫，一下子就钻到不知道什么地方去了。幸而捉住，用手指一捻，就成了粉。书虫有许多种，它们能干出种种花样来。有的能打一个细眼，笔直到底，和钻探队打探井一样；有的能把书页吃得像蛛网；有的在书口、书根结一个壳，像小孩子捉来喂鸟的'皮虫'……这当中，这'银鱼'恐怕要算是最'可爱'的了。"

看来我见到的就是乱走到护封内皮上的"银鱼"和它在书面折沟里结的壳了。当然，我无法与黄裳先生相比，即使从这小小的银鱼来说，老先生也常常见到。想想也好理解，他的书大多是"旧书"，那是真正的藏书，老先生曾感叹他和其他几位藏书大家是"最后一代藏书人"。而我买书只是跟着兴趣走，家中"收藏"着的都是"新书"。我要说的是因了黄裳先生我才知道了书中会存在着这种叫银鱼的小虫。在一段不短的时期内，我曾希望着见到这种小虫，因为这意味着我的"藏书"已达到一种程度。后来很为这种幼稚感到羞愧，哪有希望自己的藏书被书虫啃咬呢。在记忆中"银鱼"这个名词已很淡漠，面对着自己心爱的收藏，看着书橱玻璃门上贴着的那一个小红纸条："藏书勿借"，时常担忧的是霉湿虫咬，谁料在这小心呵护中还是有了这意外的"惊喜"。因这惊喜，我又想到了放在书橱底格内的由"脉望"总策划的"书趣文丛"。便又弯下腰，随便取出了几本。"脉望"在书前的"书趣文丛"序中说："自然，读书成'癖'，其病亦多。一个毛病，便是成了蛀书虫，变为书淫。在一个宽容的社会里，蛀书虫也会受到表彰，不是坏事，但究竟难以在商品经济中讨得生活，更难成为'大款'。"从序中可知原来"脉望"是几个"编书匠"，以"脉望"为名，"也只是想以此表明自己已患此'病'而已。'脉望'是蠹鱼之一种，是蠹鱼吃了书中的神仙字化成的。传说服了用'脉望'煎的水，便可'白日飞升'。这是古人把读书致用和不立即致用两者相结合的一种美丽的幻想。"是啊，读书未必立即致用，也勿需总期冀着"白日飞升"，读书其实是人生的一件趣事，读书本身也是一种生活，一种意趣盎然的生活。

黄裳先生打开旧书见到"银鱼"时，用手指一捻，那银灰色的细长小虫就成了粉。那情景我想象着，生出许多羡慕，因为我在这偶然的从并不旧的"旧书"里见到这条银白色的细长小虫时，在感叹之余，却无胆量用手指轻轻一捻，而是赶紧取来一张白色草纸，用这草纸垫着，把这条"可爱"的"银鱼"和它的银白色有些透明的壳小心地包裹起来，扔到垃圾袋中。仅此可见一斑，我是做不成真正的"蛀书虫"了，悲乎？但愿从此以后，我的藏书中再不见这可爱的银鱼。

上面所写其实是我在1996年秋天所写的一篇旧文。

当时在知道了何为"银鱼"之后，对《银鱼集》的封面也有了腹诽：《银鱼集》的封面上"游动"着几条线条勾勒的鱼纹，这鱼纹和黄裳所写的"银鱼"实在是两回事。当时对三联书店《银鱼集》的封面设计者很不以为然，觉得书封设计者望文生义，想当然以为"银鱼"就是游动的鱼，看来是设计者的错误。也奇怪，何以三联书店的图书编辑也不懂呢？而且，此书出版前黄裳本人应该看到封面设计稿啊，为啥也不纠正呢？难道出版社没有给黄裳先生看吗？后来看到一些关于书话的文章，在谈到黄裳的这本《银鱼集》时往往也对封面设计上"鱼纹"图案的错误表示了"惊讶"和遗憾。例如在《书痴范用》（吴禾编，三联书店 2011 年版）中，头篇文章是张惠卿写的《叶雨书衣》和范用其人。在此文中张惠卿写道：范用在《叶雨书衣》（三联书店 2007 年初版）的自序中举例说明美编如不认真了解书的内容，就会把封面设计错了，那是上海学者黄裳先生交给三联书店出版的一本书，书名叫《银鱼集》，美编没有弄清该书的性质，望文生义，就把封面画成七八条活生生的鱼在游动，此事谁也没有发现，包括终审批准发稿的范用本人也疏忽了，结果出了洋相。因为"银鱼"不是真正的鱼，而是书蛀虫，又名蠹虫或蠹鱼，银白色，形状像鱼，作者是比喻啃书本的书呆子，书印出来后，发行出去了，黄裳先生收到样书一看，哈哈大笑，知道闹了笑话，就写信给出版社指出了错误，大家才恍然大悟。

范用在《叶雨书衣》的序言里是如此谈此事的：设计封面，其实并不轻松。"设计一个封面，得琢磨好几天，还要找书稿来看，不看书稿，是设计不好封面的。举一个例：有人设计黄裳《银鱼集》的封面，画了六七条活生生的鱼。他不知道这'银鱼'是书蛀虫，即蠹虫、脉望，结果闹了笑话。"

若仅仅看到《书痴范用》和《叶雨书衣》自序里关于《银鱼集》封面设计的描绘，自然会留下美编错误的印象，尽管也会疑问像封面设计这样的出版流程上的重要一环，尤其是最后付印前的封面"小样"都要由"主事者"签字才能开印，像范用这样"一竿子插到底"工作方式的出版人，怎么会疏忽大意了呢？疑问虽疑问，因没看到黄裳自己关于这个封面的不同说法，再加上《银鱼集》好像也没有再版过，所以也就留下了《银鱼集》封面设计图案上的错误印象。

这个印象一直到看了黄裳写给范用的信之后才又"纠结"：读范用生前编的《存牍辑览》（三联书店2015年9月初版），在黄裳致范用的信里，关于《银鱼集》的出版谈了六条，其中两条与封面设计有关——其中之一，黄裳对范用如此写道："关于封面设计，请你考虑决定即好。寄上一本《河南出土空心砖拓片集》，其中第八十二条有三条鱼，颇古朴可喜，是否可加以利用，或仅用一条。我没有经验，请决定。"然后又说："如有的设计或纹样，不用这三条鱼也好。"也就是说，黄裳本人给出版社提供了《银鱼集》封面上的鱼纹图案，至于最后封面上所用的鱼纹图案是否黄裳先生所提供的，暂且不论，至少说明美术编辑在设计封面时并非望文生义，至少参考过黄裳本人提供的图案。而且再接下来的几封黄裳写给范用的信里，也有提到收到《银鱼集》样书的内容，至少在该书收入的黄裳的信里，没有对《银鱼集》封面"指出了错误"之类的内容。

永远的孙犁

　　那个星期五（2002 年 7 月 12 日）的上午打开桌上当天的日报，著名作家孙犁去世的新华社通稿扑入我的视野。心底被猛地震动了一下，噢，老人终于走了。因这几年来，曾听天津来的文友说孙犁先生因老年性疾病而如同废人了。对于一位视文学创作为生命的老人来说，与其在病榻上苦熬，还不如这样彻底的解脱呢。享年九十的孙犁先生在晚年实在是幸福的，因为他看到了自己一生的创作已结出了永不凋谢的花朵。

　　金梅在《孙犁小说全集》（时代文艺出版社 1998 年

版）序言中记述了这样一件事：1992年冬天，《孙犁文集》豪华本出版后，孙犁老人看着书柜里排列的八大本自己的著作，反复地对家人说，他这一生什么也没有，就有这么几本书。是的，与同时代或稍晚一代的作家相比，孙犁一生创作的作品不能说丰盛，但他在20世纪中国文学史上无疑占据着光辉的一页，"荷花淀派"几乎成了孙犁小说作品的代名词。尤其是，孙犁是少数几位能将一生所有小说散文全部收入晚年编就的文集中而不会对某些作品感到愧疚的著名作家之一。在那一代和稍后一代的作家中，到了晚年能将全部作品毫不愧疚地结集出版绝非易事。在20世纪50至70年代，有多少作家写下了充满虚饰和矫情的作品啊，甚至是"著名"的作品，譬如与孙犁同年出生也是成长于抗战时代的杨朔（1913—1968），在50年代末60年代初写下了许多"当代散文名篇"，比如《荔枝蜜》、《茶花赋》、《雪浪花》、《香山红叶》、《泰山极顶》和《海市》等，现在再来看杨朔的散文，又有多少真诚和写实呢。

孙犁晚年把自己的生活和创作划分为两个时期，从抗日战争初期至1955年以前，是他的创作前期，以小说创作为主，他自己认为是他的创作时代。"文化大革命"以后是他创作的后期，以散文随笔为主，虽仍写出了笔记体短篇小说集《芸斋小说》，但已不被他列入创作时代了。抗战时代是孙犁文学创作的黄金时代，他的感情是属于前一时期的，他的诗意小说主要诞生在这一时期。他的小说散文合集《白洋淀纪事》、长篇小说《风云初记》都创作于这一时期。《风云初记》是孙犁唯一的一部长篇小说，细致描绘了滹沱河沿岸抗战初期的社会风貌。他送自己的作品给来访的客人，也总是先送一本《风云初记》，再送一本《芸斋小说》，用孙犁自己的话说，在这两本书里，包括了他所经历的生活，从中可以了解他的过去和现在，包括他的思想和感情。可以看到他的兴衰、成败，及其因果。

"文学必须取信于当时，方能传信于后世。"这是孙犁坚信的写作原则，他的文学成就主要体现在数量不多的中短篇小说上。孙犁的创作是以真挚的感情来抒写他所经历的人和事，他所生长、战斗过的地方。他的小说可以看做是他的自传。譬如：最能代表孙犁创作风格的小说散文集《白洋淀纪事》是奠定"荷花淀派"的基石，书中从多方面描写了冀中平原打上时代烙印的历史风俗画卷，孙犁晚年在为姜德明先生所藏的这本小说集扉页上题道："此集虽系创作，然从中可见到：抗日战争及解放战争时期，我的经历，我的工作，我的身影，我的心情。实是一本自传的书。"

孙犁的小说虽崇尚写实，但并没冲淡小说中浓郁的诗意，因而被喻为诗意小说。孙犁的小说往往不是通过曲折的情节来推动故事，也不是通过深入的发掘来刻画人物的形象，而是独辟蹊径，以散文的手法来描写小说故事，用朴实无华的文字，构筑纯净诗意的画面，即使是反映像抗日战争这样宏大悲壮的主题，他也收敛着自己的情感，让愤怒在平淡的文字中爆发，让炽烈在朴实的叙述中隐藏。他更善于采撷一个短小的故事来展现波澜壮阔的图景，从而达到窥一斑而知全豹的艺术境界。比如他的短篇小说《荷花淀》，小说篇幅并不长，只有五千字，犹如一幅浓淡适中的水墨画，然而透过这一小幅画面，却反映出了冀中平原风起云涌的抗日场景。

收入中学语文课本的短篇小说《荷花淀》可以说是抗日战争文学中的一朵奇葩（我至今还记得二十多年前在课堂上听语文老师朗诵这篇课文的情景），小说故事情节简单，语言纯净流畅，人物形象鲜明，蕴涵着丰富的想象和浪漫，字里行间流露着深厚的感情。比如："这女人编着席。不久在她的身子下面，就编成了一大片。她像坐在一片洁白的雪地上，也像坐在一片洁白的云彩上。她有时望望淀里，淀里也是一片银白世界。水面笼起一层薄薄透明的雾，风吹过来，带着新鲜的荷叶荷花香。"这篇小说是孙犁1945年春天在延安窑洞里一盏油灯下用自制的墨水和草纸写成的，其时，他离开家乡、父母和妻子已经八年，这种对家乡、亲人的思念和对抗战的信念，构成了他创作这篇小说的内心激情。他写出的虽是属于个人的情感，但却符合了时代的要求。

写作于1956年初夏的中篇小说《铁木前传》是孙犁创作生活的分水岭，也是孙犁小说中我最喜欢的一部。《铁木前传》是孙犁回忆童年印象之作，在他的笔下，童年如航行在春水涨满的河流里的一只小船，回忆起来有轻松，有沉重，铁匠熊熊燃烧的炉火，木匠叮叮当当的斧凿声，铁匠木匠两家的恩恩怨怨，淳朴的少男少女，尤其是清新可人处在人生十字路口的小满儿，演绎了一曲忧郁的村歌。这部小说给孙犁的生活带来了深远的影响，后来他在《耕堂书衣文录》中《铁木前传》条下写道："此四万五千字小书，余既以写至末章，得大病。后十年，又以此书，几至丧生，则此书于余，不祥之甚矣……"这部小说虽给孙犁带来了"几至丧生"的"不祥"，但实在是孙犁小说创作的顶峰，可称之为"荷花淀派"的一曲绝唱。

熬过"文革"劫难的孙犁，又写作了大量散文随笔，回忆是晚年孙犁的创作主题，他的小说集《芸斋小说》与其说是小说，不如说是一篇篇谈人忆往的札记。仍是平淡如水，蕴涵丰富，但已缺少了流淌在"荷花淀"里的诗情画意，凸现在纸面上的是历尽劫波的反省和孤独。如果说孙犁创作前期是以小说名世，那么晚年则以散文为终结，他的散文随笔结集有《晚华集》、《秀露集》、

《澹定集》、《尺泽集》、《远道集》、《老荒集》、《陌巷集》、《无为集》、《如云集》和《曲终集》等。另外，他的读书札记、序跋杂感结集为《耕堂读书记》和《书衣文录》等。这些散文作品与他创作前期的小说构成了一个连贯而多样的文学世界。

在 1979 年 12 月 23 日致铁凝的信中，孙犁说像安徒生的童话《丑小鸭》才是真正的艺术："它写的是一只小鸭，但几乎包括了宇宙间的真理，充满人生的七情六欲，多弦外之音，能旁敲侧击。尽了艺术家的能事，成为不朽的杰作。何以至此呢？不外真诚善良，明识远见，良知良能，天籁之音！"孙犁认为这是艺术唯一无二的灵魂。我觉得这话也恰恰可以用来概括孙犁自己的文学创作。孙犁的作品正是具备了这种独一无二的艺术灵魂。

孙犁虽已驾鹤西去，但他留下的身影不会消逝，他的作品仍会长久地影响着后人。

永远的孙犁。

吴祖光的绝唱

2003 年 4 月 10 日上午，翻看当天的《青岛日报》，先看战火中的伊拉克，接着浏览国内新闻，一则短讯闯入眼帘："文学神童"吴祖光告别人世。这消息让我愣怔片刻，饱经沧桑的吴祖光享年八十六岁可以说是安度晚年，我感到遗憾或说惊讶的是"中国现代文学"又少了一人。"文学神童"与八十六岁老人之间似乎隔了一条漫长的隧道——尘封了"中年烦恼少年狂"的坎坷，隧道的两端，呈现在朝阳下和黄昏里的是一位"文学神童"的舞台传奇，是一位老人书案上摆着的一本散发着油墨香的新书——封面上印着"中国现代文学百家：吴祖光代表作"。

"穿过县境上长长的隧道，便是雪国。夜空下，大地一片莹白。"川端康成的小说《雪国》的这句开头，一直铭刻在我的心底，放下报纸，这句落满寂寞饱含着忧郁的"雪国"瞬间映在了我的记忆里，与"吴祖光"重叠在一起：穿过他坎坷的一生，便是《风雪夜归人》和《闯江湖》。

《风雪夜归人》在我只是一个中国现代文学史中的作品题目，我并没有看过这部话剧，也没有读过它的剧本。浮现在我眼前的是《闯江湖》，一幅幅画面和抑扬顿挫的台词其实已零零星星——1980年夏天偶然的一个晚上看电视播映的话剧《闯江湖》，我并不喜欢话剧，但因了这是著名作家吴祖光的作品，对一个憧憬着文学梦的中学生来说，便有了十足的理由放下功课坐在家中那台黑白电视机前，津津有味地看了起来。《闯江湖》讲述的是一群江湖艺人的艰难生涯，在我的印象中是吴祖光以他的妻子新凤霞从小生活的卖艺人家的故事为原型创作的，至今记忆深刻的是话剧结束大幕落下时响起的旁白：向在十年"文革"中遭遇迫害而去世的艺术家致以崇高的敬礼，在那一串名单中我记忆犹新的只剩下一个"上官云珠"。

那天黄昏回到家，我从书橱里找出《中国现代文学百家·吴祖光代表作》(华夏出版社 1998 年版)，翻开目录，作品的题目既熟悉又陌生，共收入三个话剧剧本和三篇散文：三幕话剧《风雪夜归人》、《少年游》和《嫦娥奔月》，剧本之外，附有"序跋"。三篇散文《广和楼的捧角家》、《自疚》和《后台朋友》。我感到遗憾的是没有《闯江湖》，也许是先入为主，我觉得这个话剧也实在应列入吴祖光的代表作中。接下来的晚上，我沉浸在吴祖光演绎的舞台世界里，一边读着剧本，一边听着央视关注伊拉克战争的直播节目。

打动我心灵的自然是《风雪夜归人》，它所寄予同情和无奈的那些被侮辱与被损害的人们，以他们灵魂的纯洁和生命的脆弱来展示人性的肮脏和生活的残酷。今天来看这个话剧，京剧名旦魏莲生和官僚姨太太玉春之间的恋爱悲剧已失去了让人共鸣的时代背景，尽管吴祖光在《风雪夜归人》的序幕中说，他所演绎的时代也许刚刚过去，也许还没有完全结束，所发生的故事也许在将来还会重演，这缘由在于时代和江山可以更改，而人性却是难以更改的。他所讲述的是"是永无止境的人生中的一个段落"。

但对于今天的"魏莲生"和"玉春"来说，也许会重演一幕昏天黑地的恋爱悲剧，但恐怕不会再去重演"风雪夜归人"的屈辱和懦弱。《风雪夜归人》中的玉春和魏莲生为了"明天"的幸福而决意私奔遭遇失败时，玉春对魏莲生绝望地说：人是得受罪的呀，"明天"不是那么轻易就到得了手的呀！玉春的这句话唱出了《风雪夜归人》的旋律，这也是那些被侮辱被损害者的呐喊。青楼妓女出身的四姨太玉春在剧中扮演了当红名旦魏莲生灵魂的拯救者，她让一个"戏子"挣脱了虚幻的生活，打碎了没有尊严的"幸福"枷锁，以她的被凌辱的身世和觉醒的对"明天"的追求洗礼了他们的爱情。

其实《风雪夜归人》的故事情节并不曲折，人物形象也显得单薄"典型"，但在简单的戏剧故事中蕴涵着悲苦的复杂人生，人物对话里更浸透着"文学神童"的情感和憎恨，与其说吴祖光在创作着一部舞台上的戏剧，不如说他在描述着他自己昨天的影子和他熟悉的生活，那是他记忆中的北国：无边的风雪，戏园子里的嘈杂，捧"戏子"的痴迷，台前台后的酸甜苦辣。

《吴祖光代表作》一书所选的三篇散文中的两篇：《广和楼的捧角家》和《后台朋友》，实在是《风雪夜归人》一剧的最好注释，这也是吴祖光从一个喜欢泡在戏园捧角和"戏子"交游的大学生到一个勤奋的剧作家的心灵独白。从他十九岁在大学读书时创作的处女作《广和楼的捧角家》，到他二十四岁时在抗战"陪都"重庆创作的《风雪夜归人》，再到他六十二岁创作最后一部话剧《闯江湖》，吴祖光的人生本身就是一部跌宕起伏的舞台剧，他的一生虽"九死而不悔"始终保持着一颗"闯江湖"的赤子之心，演绎了一曲长留天地间的绝唱。

与曹禺相似，吴祖光的代表作几乎也都是创作于青春年少时节，20世纪30年代，曹禺创作了《雷雨》、《日出》和《原野》，到了40年代，吴祖光创作出了《风雪夜归人》、《少年游》和《嫦娥奔月》，也许舞台上的世界需要青春激情的喷发和创造，但他们的人生历程却并不相似，80年代初黄永玉曾写信给曹禺，大意说你以前的创作曾是大海，后来却渐渐成了一条小溪，希望你能再成为大海，这封信让曹禺感叹不已。吴祖光的《风雪夜归人》也许"逊色"于曹禺的代表作，但吴祖光的创作人生却没有从"大海"到"小溪"这样的蜕变和悲哀，同样是晚年之作，曹禺的话剧《王昭君》我也是从电视上看到的，几乎与看《闯江湖》同时，但《王昭君》给我的影响和印象无法与《闯江湖》相比。

第二天的中午，我来到了青岛书城，在"现代文学"的那几排书架前，一格格搜寻着，我的目光扫过一部部或厚或薄的"经典"，伸手取出了一本薄薄的小书——这就是列入"百年百种优秀中国文学图书"中的《风雪夜归人》（人民文学出版社2000年版）。

王度庐的青岛"侠客"时代

　　如果不是电影《卧虎藏龙》，我恐怕很难知道王度庐居然与青岛有关，尤其是他在青岛生活了十多年的故居至今还在青岛的宁波路上。之前，我的武侠小说阅读主要集中在金庸和梁羽生这几位"大侠"身上，民国时代的武侠小说，并不在我的阅读视野里，就像鸳鸯蝴蝶派的小说一样，在我眼里这些都是不健康的文学。作为出生于1960年代中期的我来说，我所受的那点学校里的教育就是这样形成了根深蒂固的文学观念。

　　因为李安导演的电影《卧虎藏龙》让我重新认识了

王度庐，也接触了他的武侠小说。说实话，因为习惯了阅读金庸、梁羽生、古龙的武侠小说，现在再来看王度庐、还珠楼主等人的武侠小说，感觉到了一种陈旧的气息。但电影《卧虎藏龙》或许是因为拍摄的原因，又确实吸引我对王度庐本人有了阅读的兴趣。

青岛的现代文人故居主要聚集在当年的老山东大学周边，例如闻一多、梁实秋、沈从文、老舍、洪深等等的故居，已经成了青岛讲述现代文人景观的风景。而这些现代文人在青岛的行踪，往往都是在1937年"七七事变"爆发之前，随着抗日战争的爆发，即便还留在青岛的许多文人，也大多离开了青岛。提起青岛的现代文化，往往就是以老山大当年聚集的这些文人学者为话题。也成了今日青岛的文化遗产。与这些现代文人不同，王度庐并没有"挤进"这个现代文人群体中，更没有成为挂在今天青岛讲述现代文学黄金时代的话题里的主角，甚至连配角也算不上。

1930年代的青岛现代文学文人群像里，是属于闻一多、杨振声、沈从文、王统照、老舍、梁实秋、萧红、萧军等等，现在再加上宋春舫、苏雪林、台静农、吴伯箫……这个名单里是没有王度庐这样的"旧武侠"小说家的，尽管在当时，王度庐属于"新武侠言情小说家"。从1920年代末到抗战爆发前，被今天的我们称为青岛现代文化的黄金时代，但这个时代显然不包括王度庐和他的武侠言情小说，王度庐和他的武侠小说属于抗战爆发以后一直到1949年夏天的青岛。

王度庐原名王葆祥，字霄羽，1909年生于北京一个旗人家庭，其创作以武侠言情小说为主，兼及社会言情小说，被称为"悲剧侠情派"。1920年代，王度庐开始在北京小报上发表连载小说等。

1937年春，王度庐和妻子李丹荃应李的伯父伊筱农之邀来到青岛，伊筱农在当时的青岛是有影响的人物，创办了一份报纸《青岛白话报》，后来改名《中国青岛报》。他召王度庐来青岛时，已经不再办报，他是因为年迈而且没有子女，才希望自己的侄女们来青岛与他同住。当时李丹荃的妹妹和他们一同来青岛。

"七七事变"爆发时，王度庐的小说已经在北京的报纸上连载。到了 1937 年 12 月底，青岛的驻军已经撤离，1938 年 1 月 10 日日军全面占领青岛。伊筱农的宅邸被日军作为"敌产"没收，王度庐夫妇与伊筱农一起到青岛宁波路 4 号租屋居住——王度庐租住了这栋楼房一楼的一间，这里也成为王度庐在青岛的家。正当他们的生计陷入困境之时，王度庐偶遇在《青岛新民报》担任副刊编辑的北京熟人，借此开始给《青岛新民报》投稿，从而开始了他在沦陷后的青岛的"武侠言情"写作。在 1938 年 5 月末，《青岛新民报》连续两天发布"本报增刊武侠小说预告"，称"已征得名小说家王度庐先生之精心杰作长篇武侠小说《江岳游侠传》"，即将刊出，等等。这也是"王度庐"笔名首次见报。据说，王度庐这个笔名隐藏着"混一混"，"度"过艰辛时日的意思。

从 1938 年 6 月 1 日《青岛新民报》开始连载王度庐的武侠小说《江岳游侠传》开始，一直到 1948 年《青岛晚报》、《青岛公报》等青岛报纸连载他的武侠小说《宝刀飞》、《金刚宝剑》、《龙虎铁连环》等，王度庐的武侠小说一直在青岛的媒体上连载，这十多年可以说是他武侠言情小说写作与出版的"黄金时代"。大半个世纪后由李安导演的电影《卧虎藏龙》，其所据改编的小说原本《卧虎藏龙》是1942年春天在《青岛新民报》连载的。

这期间，王度庐因为稿酬微薄，经常兼做一些其他能找到的工作，例如1945年夏秋之际，一直连载王度庐武侠小说的《青岛大新民报》（是由《青岛新民报》和《大青岛报》在1943年合并而成）停刊。紧接着日本正式宣布投降（1945年8月15日），在10月25日，青岛举行了日军投降仪式。青岛曾停刊的老报重新复刊，更有许多新报创刊。一直到1946年12月2日，《青岛时报》才开始连载王度庐的武侠小说《紫凤镖》。为了维持生计，三十八岁的王度庐还曾在青岛赛马场担任办事员，在每个星期天到跑马场售卖赛马票。

在青岛的这十多年里，王度庐因在报纸上连载的长篇武侠小说《宝剑金钗》、《剑气珠光》、《鹤惊昆仑》、《卧虎藏龙》、《铁骑银瓶》等而蜚声"武侠江湖"，他一共创作发表了三十多部武侠小说和社会小说。

从抗日战争爆发到抗战胜利后的国共两党的内战时

期，与王度庐以"武侠"小说苟活于乱世不同，王度庐的弟弟却是奔赴了真正的战场，1937年"七七事变"前，王度庐的弟弟与同伴也从北京来到青岛，他们是要绕道上海去延安……后来，王度庐夫人回忆说："1947年，我们忽然收到分离多年的弟弟的信，那信是经过几个人辗转捎来的。信的大意是：我在外买卖很好，我们不久即可团聚，望你们放心。信虽很短，但却是莫大喜讯，信中真实的含义，我们是明白的，知道多年的战争是将结束了……"

1948年，王度庐除了在报纸上连载武侠小说之外，还担任了青岛摊商工会文牍，应该还是为了稻粱谋。随着解放战争的推进，王度庐的人生很快也将迎来新的转折。次年春天，他的武侠小说仍在连载，上海的一家出版社还为他推出了五册一套的武侠小说系列《金刚玉宝剑》。1949年6月2日，华东野战军的部队进入青岛。一个新时代开始了。这个月底，王度庐的小儿子出生（从1939年他的长子在青岛出生，王度庐的三个孩子——两子一女都是在青岛出生的）。

1949 年秋天，王度庐夫妇举家迁往大连。王度庐的那个当年奔赴延安的弟弟已经担任中共大连市委副书记。在大连，王度庐担任旅大行政署教育厅的编审委员，而他的夫人李丹荃也担任了大连市教育局初教科的科员（后来到小学担任教员）。1951 年，王度庐调入旅大师范专科学校担任教员，1953 年王度庐和夫人离开大连，他调入沈阳东北实验学校（也就是现在的辽宁省实验中学）担任语文教员，李丹荃在该校担任职员。从此，王度庐一家在沈阳定居下来。担任中学语文教员的王度庐显然开始了新生活。

1956 年 1 月初，文化部发出《关于续发处理反动、淫秽、荒诞图书参考目录的通知》的文件，点名有一些人专门编写反动、淫秽、荒诞的图书，其中李寿民（还珠楼主）、王度庐、宫白羽、徐春羽等"专门编写含有反动政治内容或淫秽、色情成分的神怪、荒诞的武侠小说"，为了肃清反动、淫秽、荒诞的图书，提醒各省市文化局在审读图书时对列入名单的二十一人编写的图书要特别加以注意，其中武侠小说作者中就有王度庐。其实，此时的王度庐早已金盆洗手不再染指武侠小说的写作了。

王度庐在 1949 年 10 月 1 日之后，很快就融入了新生活，成为一名中学语文教员，让他找到了自己安身立命的职业角色。这一点他与同样著名的武侠小说家还珠楼主不同，当年还珠楼主的收入很好，但 1950 年后，他的小说已经不像以前那样抢手了，用郭娟在《民国武侠小说家》(《纸上民国》，花城出版社 2015 年 11 月初版）里的话说，出版商已经不像过去那样抢着印他的小说了，"虽然革命同志鼓励他努力学习、改造思想、为人民服务，但他总感到前途渺茫。他曾向老友贾植芳问计，这位几年后被打成胡风反革命分子的新文学工作者出主意，让他试试写农民起义，这和武侠多少有些关联。后来他写了以张献忠为题材的《独手丐》。在该书前言中，他表示已将行销二十年，能顾全家生活的《蜀山》、《青城》等带有神怪性的武侠小说依然停止了续作，今后将遵守新的写作原则，为他所拥有的大量读者灌输新的时代意识。"与还珠楼主相比，王度庐已经远离了武侠小说江湖。

郭娟在《民国武侠小说家》一文里说，在1950年后的大形势下，这些武侠小说家的境遇还是好的，像还珠楼主随剧团参了军做编导，还戒了鸦片瘾；像宫白羽，曾以通俗作家身份参加全国第一次文代会，还经常在大专院校作鲁迅研究报告……"反右"时，还珠楼主因在整风中三缄其口，躲过去，不料在1958年6月他偶然看到《不许还珠楼主继续放毒》一文，突发脑溢血，两年后病逝。宫白羽在50年代有几年没有职业，在家糊纸盒，一个一分钱。1966年宫白羽去世。不过，他们这些人在1950年后，还是与文艺界一直没有脱离关系，例如，还珠楼主曾任北京市戏曲编导委员会委员，白羽曾为天津市文史研究馆馆员、作家协会常务理事、文联委员等职。王度庐在1950年后却是彻底离开了文艺界，作为一名中学语文教员，王度庐绝口不再提自己往昔在武侠小说江湖上的风光。作为语文教员的王度庐，在工作上是得到了认可的，例如他曾担任沈阳市皇姑区的政协委员。据说，有学生发现了他的武侠小说旧作，向他询问，他都避开不谈。"文革"时期，已经退休的王度庐跟随夫人李丹荃"下放"到昌图县农村，1977年2月12日病逝于辽宁铁岭。

王度庐的重新"问世"是在1980年代之后。随着金庸、梁羽生、古龙的"新武侠"小说的流行，还珠楼主、王度庐们的"旧武侠"小说也被挖掘出来，用古龙的话说，到了他生命的某一个阶段，他突然发现他最喜爱的武侠小说作家竟然是王度庐。名重当代"武侠"江湖的古龙如此推崇王度庐，也可看出王度庐在武侠小说江湖的不同凡响之处。

王度庐的武侠小说这些年来也陆续整理出版，我手上的这套北岳文艺出版社2015年7月推出的《王度庐作品大系武侠卷》是最新的，由他的女儿王芹点校整理，包括了《鹤惊昆仑》《宝剑金钗》《剑气珠光》《卧虎藏龙》和《铁骑银瓶》等。

后记

　　编完这本小书我想到毕加索的一句话："那些试图解释画的人大多数时间是走在歧路上。"这也可以拿来充当我给自己写的这些关于现当代作家和画家的阅读札记的辩护词：第一我没有"解释"他们的作品，第二我也没有"解释"他们的人生。我所做的，只是一个夜读者因一点阅读的发现而引起的联想或说笔记，这种笔记往往也是为了自己的备忘。这种阅读的发现往往是因为一点相关的文字而引起对另外相关的书和文字记录的记忆，将这些相关的文字相互的比较也是夜读快乐的一个缘由，也才有了这本《文人谈》。

例如，读《郑振铎日记全编》1957 年的日记，尤其是涉及当时对"丁玲陈企霞反党集团"的斗争的日记，郑振铎每次参加完在文联大楼举行的斗争会后，都会在日记里记录下，虽然寥寥数语，但却重点凸显。如 1957 年 8 月 14 日日记里记录，在文联大楼参加讨论"丁陈反党集团"问题的大会上，发言的很多，"夏衍同志揭发了冯雪峰的反党活动，引起与会者的愤慨，适夷当场大哭……"读到这句话，我就从书架上抽出楼适夷的《话雨录》一书，因为在我记忆里这本书里收入了楼适夷晚年写的一篇回应夏衍关于此事回忆的文章，文章里回忆了自己当年在这次会上何以大哭的原因，并质疑了夏衍的回忆。当然，夏衍的回忆录里对此事也是有着不同的叙述。

再如：读扬之水的《"读书"十年（二）》（中华书局 2012 年初版），扬之水记 1991 年 12 月 28 日到赵萝蕤家拜访：又说起近来对某某的宣传大令人反感，赵萝蕤说："我只读了他的两本书，我就可以下结论说，他从骨子里渗透的都是英国十八世纪文学的冷嘲热讽。""那种搞冷门也令人讨厌，小家子气。以前我总对我爱人说，看书要看伟大的书，人的精力只有那么多，何必浪费在那些不入流的作品，耍小聪明，最没意思。"读到这里不能不引起联想，扬之水日记的这个隐去名字的某某是否就是钱钟书呢？据说钱钟书小说《围城》里唐晓芙的原型就是赵萝蕤。赵萝蕤系当年清华园里的校花，追求者众，但赵萝蕤最终选择了陈梦家，问她何以嫁给了诗人陈梦家？她说因为陈梦家漂亮。

　　将不同的当事人对同一事件或人物的描绘和印象相互对比来读，其中况味正是夜读的乐趣。

　　从《闲话文人》(金城出版社 2010 年 12 月初版)、《画家物语》(金城出版社 2013 年 3 月初版)，再到这本《文人谈》，我的阅读与写作基本上都是遵循这种因夜读而引起的一点"发现"的愉悦，有时候也会有跨越时空的会心一笑。将这样的"发现"记录下来，或许也是一种写作的方式吧。

2017 年夏于青岛前海湾畔

图书在版编目(CIP)数据

文人谈/薛原著.—上海:上海书店出版社,
2018.1
ISBN 978-7-5458-1597-9

Ⅰ.①文… Ⅱ.①薛… Ⅲ.①笔记-作品集-中国-
当代 Ⅳ.①I267

中国版本图书馆 CIP 数据核字(2018)第 006200 号

责任编辑 杨柏伟 邢 侠
技术编辑 丁 多
装帧设计 鄌书径

文人谈
薛原 著

出 版 上海书店出版社
　　　　(200001 上海福建中路 193 号)
发 行 上海人民出版社发行中心
印 刷 苏州市越洋印刷有限公司
开 本 787×1092 1/32
印 张 10.125
版 次 2018 年 1 月第 1 版
印 次 2018 年 9 月第 2 次印刷
ISBN 978-7-5458-1597-9/I·415
定 价 35.00 元